Foto: Evelin Schwab

Deniz Selek wurde in Hannover geboren und wuchs in Istanbul auf. Zurück in Deutschland, studierte sie Germanistik und Innenarchitektur. Sie weiß als Deutsch-Türkin, wie es sich anfühlt, in zwei Kulturen zu Hause zu sein. Heute lebt sie als Autorin mit ihrer Familie in Berlin, aber ihr Herz gehört Istanbul, der Stadt voller Zauber und Magie.

Bei Fischer sind von Deniz Selek auch die beiden ersten Bände der ›Kismet‹-Trilogie, ›Kismet – Oliven bei Vollmond‹ und ›Kismet – Köfte in Flipflops‹, sowie ›Zimtküsse‹ und ›Aprikosensommer‹ erschienen.

Weitere Informationen zum Kinder- und Jugendbuchprogramm der S. Fischer Verlage finden sich auf *www.fischerverlage.de*

Deniz Selek

Kismet

Couscous mit Herzklopfen

FISCHER Taschenbuch

Für Luis, der aus uns allen erst eine richtige
Familie gemacht hat. ❤

Originalausgabe
Erschienen bei FISCHER Kinder- und Jugendtaschenbuch
Frankfurt am Main, Juli 2016

© 2016 S. Fischer Verlag GmbH, Hedderichstr. 114,
D-60596 Frankfurt am Main

Satz: Pinkuin Satz und Datentechnik, Berlin
Druck und Bindung: CPI books GmbH, Leck
Printed in Germany
ISBN 978-3-596-81169-4

1
Surfen in der Besenkammer

Der Magnolienweg lag so nah an der Schule, dass ich theoretisch gar nicht zu spät kommen konnte. Praktisch ging das jedoch richtig gut. Mein ganz persönliches, völlig rätselhaftes und nahezu tägliches Phänomen.

Atemlos flitzte ich durch den leeren Korridor zu unserem Klassenraum und erschrak furchtbar, als sich neben mir eine Tür öffnete und eine schwarze Hand nach mir griff. Mit ersticktem Quieken landete ich in der Besenkammer.

»Psst«, flüsterte seine vertraute Stimme, »ich bin's.«

»Ken, was …?«

»Schsch«, machte er und tastete mit beiden Händen nach meinem Gesicht. Es war stockfinster in diesem Kabuff. Ich konnte absolut nichts sehen. War auch nicht nötig. In mir explodierte ohnehin ein grelles Feuerwerk, als Ken mich mit einem wilden Kuss verschlang. Und das am frühen Morgen, auf nüchternen Magen, ich war ja nicht mal richtig wach! Kein Wunder, dass meine Beine nachgaben.

»Hey«, lachte er leise. »Guten Morgen.«

»Morgen«, flüsterte ich. »Was machst du denn hier?«

»Ich stalke ein Mädchen, das gestern Abend auf keine Nachricht geantwortet hat.«

»Soso«, schmunzelte ich, »und jetzt willst du sichergehen, dass sie dich nicht vergessen hat ...«

»So ähnlich.«

»Und wieso war der Putzraum offen? Der ist doch immer abgeschlossen.«

»Bestechung«, sagte Ken. »Mein ganzes Taschengeld ist dafür draufgegangen.«

»Was du redest!«

Meine Augen gewöhnten sich so weit an die Dunkelheit, dass ich Ken schemenhaft erkennen konnte. Zumindest seine Zähne und etwas von seinen Augen. Sein Grinsen spürte ich mehr, als ich es sah. Genauso wie alles andere.

Wir hatten uns nach unserer Rückkehr aus der Türkei nicht ein einziges Mal treffen können. Sepp hatte Ken und Merrie vom Flughafen direkt zu ihrer Mutter gebracht, und am nächsten Tag begann schon wieder die Schule. Da das zweite Halbjahr nur kurz sein würde, schütteten uns die Lehrer sofort mit Hausaufgaben und Klausuren zu. Ich konnte weder zum Streetdance, noch zu Lou und schon gar nicht zu Ken. Ich kam nicht einmal dazu, darüber nachzudenken, was eigentlich an jenem

Abend am Strand passiert war. Mit ihm und mir. Ich hatte nur die Bilder im Kopf, die mich ständig zurück ans Lagerfeuer katapultierten und meinen Puls bis zum Anschlag aufdrehten. Gerade in so unpassenden Momenten wie beim Vorlesen in Französisch, als mir vor der ganzen Klasse plötzlich die Luft wegblieb und ich nur noch tonlos sprechen konnte. Tante Bonnèt nahm netterweise jemand anderen dran und ließ mich etwas trinken.

Auch wusste ich nicht, ob Merrie dichthalten würde, unsere einzige Zeugin hier. Wir waren ja schließlich keine Freundinnen, und anfangs hatten wir uns aufgeführt wie zwei Kampffische, die man in einem engen Aquarium aufeinander loslässt. Es war nicht klar, ob einer überleben würde. Im Urlaub hatte sich das verändert. Wir hatten uns verändert.

Trotzdem wusste ich nicht, was sie über Ken und mich dachte, ob sie davon ausging, dass es nach der Türkei vorbei war? Kleiner Flirtunfall? In der Schule verhielt sie sich zwar wie immer, ganz sicher konnte ich mir aber nicht sein. Dafür war Merrie zu unberechenbar. Was, wenn sie bei einem ihrer Wutanfälle damit herausplatzte?

Dieser letzte Abend am Strand hatte mich jedenfalls komplett aus der gewohnten Umlaufbahn geschossen und mir gezeigt, dass die sehnlichsten Wünsche in Erfüllung gehen, wenn man nur lange genug an ihnen festhält und im richtigen Moment loslässt. Freier Fall ins Glück.

Doch mit dem harten Kontrastprogramm in Hannover, aus Verpflichtungen, Hetzerei und Heimlichkeiten, machte es mich verrückt. Ich kam überhaupt nicht zur Ruhe. Abends konnte ich nicht einschlafen und morgens nicht aufstehen. Ich hatte Angst, dass Ken die Sache vielleicht doch noch als unbedeutenden Spaß abtun könnte. Ich hatte Angst, dass meine Mutter und Sepp es mir ansehen könnten, dass sie die Veränderung bemerken und fragen würden, was mit mir los war. Ich hatte Angst vor der nächsten Woche, in der Ken und Merrie wieder bei uns wohnten, weil ich mir überhaupt nicht vorstellen konnte, wie das gehen sollte. In mir war ständig ein aufgeregtes Flattern und Kribbeln und ein Gefühl, als würden Ken und ich voneinander ferngehalten. Und wir selbst verstärkten das noch, weil wir in den Pausen zwar manchmal zusammenstanden, uns aber nicht berührten. Wir wollten keine neugierigen Blicke, Fragen und Gerede. Mir fiel das in der Öffentlichkeit noch relativ leicht. Zumindest leichter als Ken. Auch jetzt war ich die Erste, die unruhig wurde.

»Du«, sagte ich, »ich muss zum Unterricht. Wir haben Saak-Schulze in Mathe.«

»Du wärst doch sowieso zu spät gekommen«,

flüsterte er und robbte an meiner Wange entlang Richtung Ohr. »Kannst ruhig noch etwas später kommen.«

»Das geht nicht«, lachte ich. »Lass, das kitzelt.«

»Ich weiß«, sagte er, fuhr an meinem Hals abwärts und sorgte damit für neue Gänsehaut. Obwohl ich die Zeit so viel lieber mit ihm verbracht hätte, wurde ich nun ziemlich nervös. Es war bestimmt schon Viertel nach acht. Brauchte fast gar nicht mehr zur ersten Unterrichtsstunde zu erscheinen.

»Ken«, setzte ich wieder an, »ich muss jetzt echt gehen, wir haben Winkelfunktionen ...«

»Ich kann dir super Funktionen beibringen«, murmelte Ken. »Warte ...«

»Mann, nein!« Kichernd versuchte ich, mich aus seinen Armen zu schlängeln, und tastete nach der Tür. Dabei stieß ich an etwas, das klappernd umfiel. »Verflixt, wo geht's denn hier ... Hilfe!«

»Ich bin doch da, Kismet«, flüsterte er. »Bleib ruhig.«

Wie ich mich schließlich aus der Besenkammer und vor allem von Ken befreit hatte, wusste ich im Klassenraum nicht mehr. Ich wusste nur, dass meine Wangen glühten und mein Herz auf turmhohen grünen Wellen surfte. Wie sollte das nächste Woche bloß werden?

»Na, da haben wir uns aber beeilt, was Jannah?«

Herr Saak-Schulze sah von seinem Pult auf. Die anderen schrieben auf Zetteln, die vor ihnen lagen.

»Kleine sportliche Übung: Sie sind genau zweiundzwanzig Minuten und sechsunddreißig Sekunden zu spät. Wie viel Zeit bleibt Ihnen noch zur Beantwortung der Testfragen? Na?«

Ich zuckte die Schultern und schob mich hinter Frida, Samuel und Carmen an der Wand entlang zu meinem Platz neben Lou. Prüfend guckte sie mich an und senkte dann schmunzelnd den Blick. Meine Freundin wusste, wer mich aufgehalten hatte. Zum Glück saß Pepe, der Mathecrack, an meiner anderen Seite, und ich beherrschte mittlerweile die hohe Kunst des Abschreibens. Ich konnte sehr nachdenklich und konzentriert aussehen und gleichzeitig auf sein Blatt schielen, so dass ich fast nie erwischt wurde. Zur Sicherheit baute ich noch kleine Flüchtigkeitsfehler ein, die zu meinem Mathematikverständnis passten. Und die letzte Aufgabe ließ ich aus. Mehr als eine Drei durfte nämlich dabei nicht herauskommen, weil Saak-Schulze mich sonst an der Tafel vorrechnen ließ.

»Mannomann«, grinste Lou, als wir unsere Zettel abgegeben und den Klassenraum verlassen hatten, damit die anderen in Ruhe weiterschreiben konnten. »Bei dir geht es ja ab!«

»Und wie«, stöhnte ich. »Bin fertig, Lou. Völlig fertig!«

»Wer hätte das gedacht? Und alles ohne Liebeszauber. Wie hast du das bloß geschafft? Gib's zu, du hast doch einen gemacht, ganz heimlich.«

»Ich schwöre! Wirklich nicht.«

»Dann musst du von Natur aus magische Kräfte haben.«

»Vielleicht liegt es auch einfach an mir, Lou«, sagte ich gereizt. »Vielleicht hat er sich einfach so in mich verliebt.«

»Und wieso ging das vorher nicht?«, gab Lou zurück. »Wieso hat er dich vorher nicht mal angeguckt?«

»Manche brauchen eben etwas länger.«

»Quatsch, du hast den irgendwie umgepolt, mit deinem türkischen Zauberzeugs.«

»Hä? Was habe ich?« Wütend sah ich Lou an. »Du spinnst doch. Nicht jeder muss irgendetwas anstellen, um jemanden in sich verliebt zu machen. Manchmal passiert das ganz von allein, weißt du?«

»Aber nicht bei Ken«, behauptete Lou. »Der stand doch Ewigkeiten nur auf Inés.«

Sie nervte mich. Am liebsten hätte ich ihr noch einen Spruch an den Kopf geworfen, doch Pepe und Jarush kamen gerade aus dem Klassenraum.

»Was hast du bei Aufgabe zwei raus?«, fragte Jarush Pepe.

»Ssibbenunswannsik Gratt«, antwortete Pepe.

»Ja, das hab ich auch«, lächelte Lou, und Jarush schlug sich an die Stirn.

»Stimmt! Mist!«

Pepe war unser neuer Austauschschüler aus São Paulo und ging bis zu den Sommerferien in unsere Klasse. Er wohnte in der Zeit bei Marius, verstand sich aber noch besser mit Jarush. Anfang des nächsten Schuljahres würde Marius dann für drei Monate zu Pepe nach Brasilien fliegen.

Ich hatte Lou schon am ersten Tag angemerkt, dass sie Pepe mochte, und konnte sie verstehen. Er hatte etwas Indianisches an sich, etwas Ruhiges und Sanftes. Pepe redete nur wenig, doch wenn er es tat, klang das mit seinem portugiesischen Akzent sehr süß.

Als Nächste kam Frida aus der Klasse, und zu fünft gingen wir in die Cafeteria. Ich war zwar immer noch sauer auf Lou, hatte jedoch für einen echten Streit keine Energie.

Da noch Unterricht war, saßen nur wenige ältere Schüler im Raum. Wir setzten uns an unseren Stammplatz am Seerosenteich.

»Warum bist du eigentlich so gut in Mathe?«, fragte Frida Pepe. Er wurde rot.

»Isch abe Muther ... äh ... Muther ist ...« Er dachte angestrengt nach und seufzte dann. »German is so damn hard!«

Wir lachten.

»My mother is teacher for mathematics, that's it.«

»Und wie findest du es in Deutschland so?«, fragte Lou neugierig.

»Oh, it's nice«, nickte Pepe. »Friendly people, nice and friendly school.«

»Versuch's mal auf Deutsch«, ermunterte ihn Frida, »damit ...«

»Lass ihn doch«, unterbrach Lou und lächelte Pepe an. »You can speak English of course.« Und zu uns gewandt: »Das schadet uns ja nun echt nicht.«

»Kann es sein, dass du dich ein bisschen aufplusterst?«, stichelte ich.

»Hallo?« Lou blitzte mich an.

»Ich mein ja nur ...«

Doch Lou wäre nicht Lou, wenn sie die Retourkutsche nicht verstanden hätte.

»Alles klar«, sagte sie und ignorierte mich. Während sich die anderen unterhielten, sah ich aus dem Fenster. Es klingelte zur Pause. Ein paar Schüler kamen nun aus dem Schulgebäude, verteilten sich auf dem Hof und tröpfelten in die Cafeteria. Inés setzte sich mit Rebecca an die Tischtennisplatte.

Sie schien auf jemanden zu warten, denn sie guckte sich oft um.

Wieder fragte ich mich, was Ken so lange an ihr gefunden hatte. Ja, sie war dünn. Immer noch. Aber sie hatte nichts Interessantes, nichts Auffälliges oder Amüsantes an sich. Im Gegenteil, sie war nichtssagend und farblos. Sie wirkte eher gelangweilt oder wie jemand, der ein schweres Schicksal zu ertragen hat.

»Du kannst ja mitkommen«, sagte Lou zu Pepe, und Jarush nickte. »Dann treffen wir uns alle heute nach der Schule.« Sie guckte mich an. »Du darfst auch, wenn du wieder lieb bist.«

»Was? Wohin?«, fragte ich. »Hab nicht zugehört.«

»Bootfahren auf dem Maschsee«, sagte Frida, »heute Nachmittag.«

Noch bevor ich antworten konnte, beschleunigte sich mein Herzschlag. Ken stand bei Inés. Rebecca war weg. Hektisch flogen meine Augen über den Schulhof in der Hoffnung, mich verguckt zu haben und sogleich festzustellen, dass sie dort nicht zusammen waren. Aber ich hatte mich nicht getäuscht. Die beiden standen tatsächlich allein in der Menge und unterhielten sich. Und Inés lächelte! Verdammt, sie lächelte Ken an! Mein Herz schlug immer heftiger, und mein Magen wurde zu einem steinigen Klumpen.

Mein Blick saugte sich an Ken fest, als könnte ich ihn damit von ihr abziehen. Doch es funktionierte nicht. Sie blieben voreinander stehen, sie lächelte und lächelte, und er sah sie an. Freundlich? Nachdenklich? Zärtlich? Sah er sie zärtlich an? So wie früher? Warum war die auf einmal so zu ihm? Gelähmt starrte ich auf dieses Bild, bis Lou mich anstieß.

»Kommst du nun mit?«

Als ich nicht antwortete, stieß sie mich wieder an.

»He, Jannah? Bist du noch da?« Sie versuchte, aus dem Fenster zu gucken, saß dafür jedoch ungünstig. Auch Frida reckte neugierig den Hals, und ich sprang auf.

»Ich, ich muss mal kurz ...«, stotterte ich und stürmte aus der Cafeteria. Was ich vorhatte, wusste ich nicht. Ich warf mich gegen die Glastür, die unter der Wucht aufflog, und wäre fast gefallen, weil ich mit mehr Widerstand gerechnet hatte.

Neo, May und Yunus kamen mir entgegen. Neo grinste mich an, doch ich schaffte nur ein flüchtiges »Hi« und lief weiter, obwohl ich sofort sah, dass Ken und Inés nicht mehr an der Tischtennisplatte standen. Nervös hielt ich nach ihnen Ausschau und erwischte sie gerade noch beim Verabschieden. Ken wandte sich zu Rouven und Agostino um und ging mit ihnen Richtung Aula. Inés rief ihm etwas nach. Ich stand leider zu weit weg, um sie zu verstehen. Auch Kens Antwort verstand ich nicht.

Jetzt wäre ich gern an seiner Seite gewesen, an seiner Hand, hätte mich gern von ihm küssen lassen. Vor allen. Vor ihr. Damit sie mal klarkam. Damit sie mal begriff, was los war. Damit sie ihn in Ruhe ließ.

Doch er hatte mich nicht bemerkt, und ich würde nicht hinter ihm herlaufen. Hinter ihm und seinen Freunden. Ich würde mich nicht an seinen Arm hängen und mich lächerlich machen. Ganz sicher nicht.

»Na und?«, sagte Lou kurz darauf. »Nur weil sie sich unterhalten? Das haben die doch immer gemacht.«

»Schon«, sagte ich, »aber jetzt ist Inés auf einmal total nett zu ihm.«

»Wie? Nett?«

»Na ja, so richtig nett eben. Grinst die ganze Zeit und so.«

»War sie früher anders?«

»Nein, aber ...« Ungeduldig verdrehte ich die Augen. »Mann, Lou, du weißt genau, was ich meine! Ja, klar war sie früher auch nett, aber jetzt ist es anders. Sie, sie ... baggert ihn an.«

»Glaub ich nicht.«

»Und wenn doch? Was, wenn sie ihn ... jetzt will?«

»Ach was!« Lou machte eine wegwerfende Geste. »Warum sollte sie auf einmal? Schließlich hätte sie ihn jederzeit haben können. Los, komm, wir müssen zum Sport.«

Lous Worte gaben mir einen Stich. Auch wenn sie recht hatte, tat es weh. Seufzend griff ich nach meiner Tasche und folgte meiner Freundin in die Umkleide unserer zweiten Turnhalle, die am anderen Ende des Schulgeländes lag.

Beim Bockspringen stellte ich mich heute selten dämlich an. Erst trat ich neben das Sprungbrett und knallte gegen den Bock. Dann zog ich ein Bein nicht hoch genug, so dass ich fast eine Radelle gedreht hätte, wenn mich Frau Meisner nicht in letzter Sekunde aufgefangen hätte. Und das lag nicht daran, dass ich kurzsichtig war und meine Brille nicht trug. Das lag daran, dass ich mich überhaupt nicht konzentrieren konnte, weil ich die ganze Zeit fieberhaft überlegte, wie ich herausbekommen könnte, ob Inés noch mit diesem Typen zusammen war. Denn wenn nicht, dann war alles klar. Dann wollte sie Ken.

2
Zu dir oder zu mir?

»Hey, Jannah, warte!« Auf dem Rückweg von der Schule kam Neo hinter mir her. Lou, Jarush und die anderen gingen zum Maschsee, doch ich war bedrückt und hatte keine Lust auf Gesellschaft. Trotzdem blieb ich stehen, bis Neo mich eingeholt hatte.

»Hallo«, grinste er. »Wie geht's? Bist ja vorhin so schnell vorbeigeschossen.«

Seine braunen Haare waren gewachsen und hingen ihm tief ins Gesicht. Um den Hals trug er eine kleine Muschel an einem Lederband. Mit seiner ausgewaschenen Jacke sah er ziemlich gut aus.

»Geht so«, sagte ich. »Ist grad so viel Stress in der Schule.«

»Ja, bei uns auch. Aber wenn die Klausuren durch sind, wird es besser.«

»Wir schreiben die letzte aber erst kurz vor den Sommerferien«, maulte ich. »Und die zählt noch für das Zeugnis.«

»Das sagen sie nur«, beruhigte mich Neo. »Da stehen die Noten längst fest. Ist egal, ob du die verhaust.«

»Ich kann es mir nicht leisten, auch nur irgendeine Klausur zu verhauen.«

»Brauchst du Hilfe? In welchem Fach?«

»Wieso?«, lachte ich. »Willst du mir Nachhilfe geben?«

»Warum nicht?«, lächelte Neo. »Bevor du sitzenbleibst?«

»So schlimm ist es auch wieder nicht. Pack ich schon. Außerdem hätte sicher May was dagegen.«

»Ach, May ist in Ordnung. Das würde sie verstehen.«

»Da wäre ich mir nicht so sicher«, schmunzelte ich. »Seid ihr jetzt eigentlich zusammen?«

»Tja.« Neo legte den Kopf schief. »Ich glaube schon.«

»Ist doch schön«, nickte ich. »Freut mich für euch.« Das war gelogen. Es freute mich nicht, aber ich war die Letzte, die einen Anspruch auf Neo erheben durfte.

»Hmm«, machte er. »Ja, mich auch … irgendwie.«

Vor uns kam ein Müllwagen zum Stehen. Mit Getöse krachten die Tonnen beim Entleeren gegen den Container.

Die Männer rollten die Tonnen zurück an ihre Stellplätze und sprangen auf die Fußstützen am Ende des Wagens. Als sie davonfuhren, sah Neo mich an.

»Und … bei dir?«, fragte er zaghaft. Ich wurde rot.

»Neo …«

»Okay, okay«, unterbrach er hastig. »Tut mir leid, vergiss es. Ich bin ein Idiot!«

»Ey, nein«, rief ich. »Sag so was nicht!«

»Ist ja gut«, lachte Neo. »Darf ich dich in zehn Jahren noch mal fragen?«

»Klar! Wenn du Schwimmweltmeister meinen Namen dann noch weißt?!«

»Den weiß ich auch noch, wenn du als alte Oma im Schaukelstuhl Topflappen strickst.«

»Topflappen werden gehäkelt, Neo, nicht gestrickt. Das nur zur Info. Und vom Schaukeln wird mir schlecht.«

»Merk ich mir«, grinste er, gab mir einen Kuss auf die Wange und ging zur Ampel. »Ich mach hier jetzt mal die Biege, ja?«

»Tschüss, Neo.«

»Tschüss, Jannah.«

Zufrieden blinzelte ich in die warme Aprilsonne und setzte meinen Weg fort. Neo war einer von den Jungs, die immer wieder für gute Laune sorgten. Ganz nebenbei.

Die schwarze Nachbarskatze strich durch das Buchsbaumlabyrinth in unserem Vorgarten. Sie war oft bei uns, jagte Vögel oder tatzte nach Wassertropfen, die hinten am Walnussbaum ins Steinbecken pitschten. Nun schnurrte sie um meine Beine, und ich bückte mich, um sie zu streicheln.

»Na, Tiffy«, flüsterte ich. »Was gibt's Neues?«

Maunzend hob sie den Kopf, als wollte sie mir tatsächlich etwas erzählen. Vom Fußweg erklang ein feines Klimpern, und Tiffy fuhr zusammen. Sie sprang auf eine Fensterbank im Erdgeschoss, sträubte das Fell und machte einen Buckel. Sekunden später fauchte sie auf einen Hund herab, der es wagte, allzu neugierig durch unseren Garten zu schnüffeln.

Ich kramte meinen Schlüssel hervor und trat in den Hausflur. Heute beachtete ich die pompöse Ausstattung, die mich beim ersten Anblick so beeindruckt hatte, kaum, sondern stieg hoch zu unserer Wohnung. Die Tür war nicht abgeschlossen. Ob meine Mutter schon da war? Sie arbeitete deutlich weniger, denn ihre Schwangerschaft hatte bald ein Ende. In sechs Wochen würden Ken, Merrie und ich einen kleinen Bruder bekommen. Meine Mutter und Sepp fanden jeden Tag neue Namen und konnten sich doch auf keinen einigen. Sepp wollte Elias, Bruno oder Noah. Meine Mutter liebäugelte mit Noyan, Silas und Sayan, ja, wirklich Sayan! Die Idee war ihr spontan auf dem Rückflug gekommen. Wir protestierten alle. Ken drohte sogar, ihn Günther zu nennen, wenn sie es wagen sollten. Für mich hieß er sowieso nur Croc. Vom ersten Moment an, als ich von ihm erfahren hatte.

Obwohl er noch nicht mal auf der Welt war, verband ich mit ihm schon eine frische, hellgrüne Farbe. Das passierte immer von selbst. Ohne dass ich es steuern konnte, sah ich andere Menschen in bestimmten Farbtönen. Ken trug meine Lieblingsfarbe Olivgrün, und ich wunderte mich nun, dass eine Ahnung dieses Olivs durch den Flur waberte. Er war bei seiner Mutter und hatte heute Nachmittag Fußballtraining. Konnte also gar nicht sein. Wahrscheinlich war er schon so sehr Teil von mir geworden, dass ich ihn überall zu spüren glaubte.

Leise ging ich an meinem Zimmer vorbei, um im Schlafzimmer nach meiner Mutter zu gucken. Als die Holzdiele unter meinen Füßen knarrte, hörte ich ein Kruscheln. Mit einem Satz war ich an der Tür, riss sie auf und stand Ken gegenüber.

»Du?«, sagte ich verblüfft, und mein Herz wummerte sofort los.

»Ja, ich.« Er schien ein wenig verlegen, weil ich ihn in meinem Zimmer ertappt hatte, freute sich aber sichtlich.

»Wieso bist du hier? Was ist mit Training?«, fragte ich. Ken zog mich ins Zimmer und schloss die Tür.

»Konnte nicht«, flüsterte er. »Ich wollte dich

sehen, und in der Schule war alles so scheiße, hab dich irgendwie nicht gefunden. Wart ihr in der anderen Sporthalle?«

»Ja.« Ich schmiegte mich in seinen Arm und atmete tief ein.

»Gut, dass du mich nicht gesehen hast. Es war die totale Katastrophe.«

»Egal.« Er schob seine Hand in meinen Nacken. »Jetzt bist du hier.«

»Was war denn los?«, fragte ich.

»Ach, der Drechsler wieder«, knurrte Ken. »Hat über unseren Medienkonsum geschlaumeiert.«

»Wie?«

»Na, wir wären alle durchs Internet und unsere Handys schon völlig verblödet, er würde sich nicht wundern, dass wir und ich im Besonderen nichts peilen würden und so weiter, das ganze Gelaber eben.«

»Gott, o Gott, so schlimm?«

»Yep.« Ken fuhr mit seiner Nase behutsam in meine Haare und schnupperte.

»Aber Drechsler hat doch selbst ein Facebook-Profil«, sagte ich.

»Ja, mit siebzehn Freunden.« Verächtlich pustete Ken an meinem Hals entlang. »Und weißt du, warum er das hat?«

»Nein.«

»Um uns auf die große Gefahr aufmerksam zu machen und ...«

»Okay, okay, reicht«, lachte ich und versuchte, Ken wegzuschieben, weil mich ein Schauer nach dem anderen überrieselte.

»Jetzt schon?«, raunte er und hielt mich fest. »Hab doch grad erst angefangen.«

»Hast du eigentlich die ganze Zeit in meinem Zimmer gewartet?«, fragte ich, um das Gespräch in eine weniger brisante Richtung zu drehen, und Ken nickte.

»Ist meine Mutter nicht da?«

»Nee, keiner da außer uns.«

Auch das noch. Ich hatte plötzlich ein seltsam hohles Gefühl in der Magengegend. Ken und ich allein in der Wohnung. Mein Atem stockte, ich bekam zu wenig Luft. Er merkte es.

»Alles in Ordnung?«

»Ja, ja klar«, sagte ich und löste mich von ihm. »Es ist nur so stickig. Ich brauch mal ein Glas Wasser.«

Wir gingen in die Küche, und nachdem ich etwas getrunken hatte, stöberte ich im Vorratsschrank, um Ken nicht ansehen zu müssen. Ich war durcheinander, weil er mich überrumpelt hatte, und merkte, dass es mir nicht so angenehm war, wie ich vermutet hätte.

»Sag mal«, begann Ken und setzte sich an den Küchentisch, seine schwarzen Augen auf mich gerichtet. »Wer ist eigentlich dieser Typ?«

Meine Gedanken fuhren sofort Achterbahn. Er in meinem Zimmer. Inés, die es auf ihn abgesehen hatte. Eben noch Neo an meiner Seite. Kens liebevoller Umgang mit mir. Und jetzt diese direkte Frage.

»Welcher Typ?«, fragte ich vorsichtig.

»Na, dieser Neo oder wie der heißt.«

»Was ist mit ihm?« Ungeschickt hantierte ich mit einer Packung Kekse herum. Wusste nicht, ob ich sie öffnen oder es lassen sollte. Doch das Geräusch beruhigte mich.

»Ja«, nickte Ken, mich immer noch fixierend. »Was ist mit ihm?«

»Nichts, keine Ahnung.« Ich zuckte mit den Schultern und knisterte weiter an der Packung. »Ich bin mit ihm nach der Schule ein Stück gegangen.«

Ken nahm mir die Kekse aus der Hand und sah mich an. Ohne das Gefummel zwischen meinen Händen fühlte ich mich plötzlich nackt und ertappt. Er wusste es.

»Neo ist mit May zusammen«, sagte ich. »Die aus unserer Klasse.«

»Ach so.« Ken wirkte erleichtert. »Ich dachte schon, der will was von dir.«

»Nein«, lachte ich eine Spur zu laut. »Der doch nicht.«

Warum tat ich so? Warum war ich nicht ehrlich? Und warum war Ken so komisch? Was war eigentlich los?

»Komm mal her«, grinste Ken. »Ich muss dir was sagen.«

Ich ließ mich zwar auf seinem Schoß nieder, warf ihm aber einen misstrauischen Blick zu.

»Nichts Schlimmes, Mann, keine Angst«, lachte er. »Ich hab euch vorhin gesehen. Er hat dich geküsst, das hat mich genervt.«

Er war ehrlich.

»Wo warst du denn?«, fragte ich. »Ich habe dich überhaupt nicht bemerkt.«

»Vielleicht warst du zu beschäftigt?«

»Rede nicht so, Ken.«

»War doch nur Spaß«, sagte er. »Alles gut.«

»Wo wir schon mal dabei sind«, hakte ich nach. »Was wollte Inés eigentlich vorhin von dir?«

»Na, was schon?« Stolz warf er sich in die Brust. »Das, was sie alle wollen: mich!«

»Du bist so bescheuert«, schimpfte ich. »Kannst du mir mal eine richtige Antwort geben?« Ich wollte ihn in die Seite knuffen, doch er fing meine Hand auf und lachte mich aus. »So wird das nichts, Kismet. Mach mal 'ne Faust. Ja, genau, und jetzt«, er bog meine Hand leicht nach unten, »schlägst du damit zu.« Er zeigte auf meine Knöchel. »Hau zu.«

»Auf Befehl kann ich nicht«, sagte ich.

»Na, komm schon, verpass mir eine. Ich hab's verdient.«

»Sowieso«, schmunzelte ich und schlug ihn halbherzig an die Schulter.

»Also, wenn du mir wirklich weh tun willst, musst du noch 'ne Schippe drauflegen.«

»Will ich ja gar nicht«, sagte ich und lehnte mich an ihn.

»Gehen wir noch ein bisschen zu dir?«, flüsterte er. »Oder lieber zu mir?«

Die Wohnungstür wurde geöffnet, und ich sprang erschrocken auf. Nervös hielt ich nach etwas Ausschau, woran ich mich festhalten könnte, doch die Kekse waren außerhalb meiner Reichweite. Sekunden später stand meine Mutter in der Küche.

»Ach, ihr seid zu Hause«, schnaufte sie und wischte sich über die Stirn. »Aman Allahım, ich kann nicht mehr! Ich kann einfach nicht mehr! Diese Treppen!« Stöhnend hielt sie sich den Bauch, der aussah, als hätte sie einen Hüpfball verschluckt.

Sie war so mit sich beschäftigt, dass sie sich nicht einmal wunderte, Ken außer der Reihe bei uns zu sehen. Auch dass wir gemeinsam in der Küche waren, gab ihr nicht zu denken.

»Ich gehe Hausaufgaben machen«, verkündete ich und wollte mich schon aus der Küche stehlen.

»Soll ich dir helfen?«, fragte Ken beiläufig. »Bei Mathe oder so?«

»Nein, nein«, haspelte ich. »Muss nur Vokabeln lernen.«

»Ich frag dich ab, dann wiederhole ich auch gleich«, drängte Ken, und meine Mutter hob nun doch überrascht die Augenbrauen. »Seit wann bist du denn so eifrig am Lernen?«

»Das Schuljahr ist bald vorbei«, grinste Ken. »Irgendwann muss ich ja mal was tun.«

»Ähm ...« Hinter dem Rücken meiner Mutter machte ich eine abwehrende Geste. »Später vielleicht«, sagte ich. »Muss erst Lou anrufen und mir die Liste holen.«

Damit verließ ich endgültig die Küche. Ich brauchte jetzt einen Moment für mich. Mein Shirt war durchgeschwitzt. Ich schnappte mir frische Sachen aus meinem Zimmer und verzog mich ins Bad. Nachdem ich geduscht hatte, ging es schon besser. Auch weil Ken inzwischen gegangen war.

Vor dem Urlaub war es doch um einiges leichter gewesen. Als es noch keine Heimlichkeiten und Eifersucht gegeben hatte. Also nicht von seiner Seite. Es war verrückt! Damit hätte ich nie gerechnet. So hatte ich ihn nicht eingeschätzt. Gar nicht.

Natürlich schmeichelte es mir, dass er aufmerksam war, dass er in der Schule nach mir guckte, dass ihm wichtig war, was ich tat und mit wem. Ja, vielleicht sogar, dass er ein wenig hinter mir herlief. Ich fand das mehr als gerecht. Hatte jedoch den Nachteil, dass es meinen Freiraum einschränkte. Eine SMS klingelte.

Ich ruf dich nachher an, okay? Geh dran! Luv ya! KK

Andererseits bewies er mir ständig, dass er an Inés kein Interesse mehr hatte. Ken war wirklich bei mir, und es war schnurzpiepe, ob sie ihren Typen noch hatte oder nicht.

Bei dem Gedanken an sein zärtliches Geflüster huschte ein kleines Gewitter über meinen Rücken. Ich mochte das. Ich liebte das. Ich wollte das. KK. Kuss Ken.

3
Der Berliner Rappel

Die Mücke zappelte im Netz. Hektisch und verzweifelt. Würde ich auch, wenn ich da drin kleben würde und dieses eklige Riesenviech auf mich zugerannt käme, um mich zu killen. Fast glaubte ich, das eilige Getrappel ihrer acht Beine zu hören. Schaudernd starrte ich auf das tödliche Schauspiel vor meinem sehr, sehr fest geschlossenen Fenster. Dass ich es mir überhaupt angucken konnte, ohne in die Knie zu gehen, grenzte an ein Wunder. Und das verdankte ich Ken. Nachdem ich in der Türkei zusammengeklappt war, weil eine fette Spinne hinter mir am Klodeckel saß, während ich drauf war, hatte er sich meine Phobie vorgenommen.

Auf eine ganz spezielle Art. Er kopierte Fotos von Spinnen und verzierte sie mit Ponyfrisuren, blonden Zöpfen, Glupschaugen, dicken Wimpern und Zahnfleischgrinsen, zog ihnen Lederhosen, bunte Röcke oder Strampelanzüge an, gab ihnen Schnuller, Rassel und Teddybär. Ständig fand ich überall kleine Bildchen, die so bescheuert aussahen, dass ich lachen musste und sie mich in

Wirklichkeit irgendwie nicht mehr schockten. Also nicht mehr so extrem wie vorher.

Beste Freunde würden wir dennoch nicht werden, und obwohl meine Mutter ihr Netz regelmäßig zerstörte, hatte es das penetrante Tier am nächsten Tag wieder neu gewebt.

Mein Handy klingelte und lenkte mich vom aussichtslosen Kampf der Mücke ab. Fast hätte ich »Ja, Ken?« gesagt, weil ich nur ihn erwartete. Doch es war mein Vater, der mich um ein Treffen bat.

»Ist was passiert?«, fragte ich. »Du klingst so komisch.«

»Ja«, sagte er. »Erzähl ich dir aber nicht am Telefon. Hast du Zeit?«

»Eigentlich überhaupt nicht«, gestand ich. »Muss gerade total viel für die Schule lernen.«

»Ach komm«, lachte er. »Hat dich sonst auch nicht geschert.«

»Okay«, gab ich nach. »Aber nur, weil ich neugierig bin.«

»Ich hol dich gleich ab, ja?«

»Fahren wir zu Keilriemen-Otto?«

»Janni«, stockte mein Vater. »Otto ist nicht mehr da.«

»Oh.«

»Jannah?«

»Hmm«, machte ich.

»Pass auf, ich komme erst einmal zu dir, dann sehen wir weiter.«

»Ist gut.« Ich hatte es gewusst, als mein Vater und ich vor den Osterferien bei Otto und seiner Frau Inge gewesen waren. Obwohl ich ihn nur recht flüchtig von unseren Besuchen im Waldcafé kannte, tat es mir weh. Mein Vater und ich waren im Streit miteinander von dort weggefahren, und nun gab es ihn nicht mehr. Das Café war sicher geschlossen. Inge würde es nicht allein weiterführen, dafür war auch sie schon zu alt.

Die nächste SMS bot mir eine willkommene Ablenkung von den trüben Gedanken. Du versäumst echt was, schrieb Lou, es ist sooo lustig! Ich betrachtete das Foto, das sie von Jarush und Pepe am Maschsee gemacht hatte. Jarush war darauf in den Hintergrund gerückt, und Pepe beherrschte das Bild. Ob das was zu bedeuten hatte? Lou würde sich doch nicht in ihre Schwärmerei reinsteigern, für die kurze Zeit, oder?

Klar war Pepe süß, sehr sogar. Aber mehr eben auch nicht. Bis zu ihrer Geburtstagsparty im vergangenen Herbst hätte ich geschworen, dass Lou gegen die Reize anderer Jungs immun war. Und zwar gegen alle. Doch nachdem sie im Trennungsschmerz mit Jarush Neos Freund Yunus geküsst hatte, war ich mir nicht mehr so sicher. Obwohl sie jetzt wieder richtig mit Jarush zusammen war, hatte ich seit Pepes Erscheinen nun manchmal ein seltsames Gefühl.

Im Vorbeigehen sah ich meine Mutter auf dem Sofa liegen. Die weiße Decke machte aus ihrem Bauch einen flauschigen Eisberg. Sie hatte die Augen geschlossen, so dass ich nicht wusste, ob sie schlief oder nur döste.

»Anne«, flüsterte ich im Türrahmen. Sie regte sich nicht. »Ich treffe mich mit Papa.«

Meine Mutter öffnete die Augen einen Spaltbreit und grunzte. Ich wertete das als Zustimmung, griff nach meiner Jacke und schlüpfte in die Chucks. Dabei stellte ich fest, dass meine Mutter sie mit ihren Schwangerschaftsfüßen ausgeleiert hatte. Wenn ich sie darauf hinwies, dass Chucks tendenziell eher für meine Altersgruppe gedacht waren, patzte sie mich an, dass sie die schon immer getragen hätte und schließlich jedes Paar bezahlte. Dabei wollte ich mir weder Klamotten noch Schuhe mit meiner Mutter teilen. Schuhe schon mal gar nicht. Aber in ihrem jetzigen Zustand war jede Kritik ein Sicherheitsrisiko. Entweder sie schimpfte oder fiel mir schluchzend um den Hals. Ich wusste nicht, was erträglicher war.

Im Treppenhaus kam mir Wolfgang mit vollen Einkaufstüten entgegen. Er wohnte über uns. Ich hatte ihn beim Einzug als Professor Pfister kennengelernt, seitdem er jedoch mit meiner Oma Ally zusammen war und uns mit ihr in der Türkei besucht hatte, nannte ich ihn beim Vornamen. Die beiden waren gerade erst von ihrer Rundreise zurück.

»Hallo, Jannah«, grüßte er. »Alles klar?«

»Ja, danke«, lächelte ich. »Kriegst du Besuch?«

Wolfgang nickte. »Ja, zum Glück hat es Ally allein nicht lange ausgehalten. Sie kommt heute Abend.«

»Brauchte sie wieder ihre Auszeit?«

Vor dem Haus erklang eine Hupe. Bestimmt mein Vater.

»Klar«, grinste Wolfgang. »Kennst sie doch. Nach zwei Wochen kriegt sie einen Rappel und haut ab.«

Ich lachte. Das passte zu meiner Oma. Feste Beziehungen oder auch nur lange getroffene Verabredungen waren ihr ein Gräuel. So war Ally nach der Tour mit Wolfgang erst einmal nach Hause gefahren und hatte sich auch bei uns nicht gemeldet.

»Was gibt's denn Leckeres?«, fragte ich.

»Etwas ganz Besonderes«, sagte Wolfgang. »Ally isst seit neuestem kein Fleisch mehr, deshalb versuche ich mich an einer vegetarischen Vorspeisenplatte.«

»Ich drück dir die Daumen«, lächelte ich. »Sie soll bitte mal klingeln, ja?«

»Ich sage es ihr.«

Die Hupe erklang noch einmal, ungeduldig jetzt.

»Ja doch«, murrte ich. »Komme ja schon.«

Der schwarze Geländewagen meines Vaters stand breit auf dem Bürgersteig, und eine Frau bugsierte mühsam ihren Kinderwagen vorbei.

»Immer diese Protztypen«, murmelte sie, ohne mich zu bemerken. »Dicke Karre, keine Kinder und null Rücksicht.«

»Entschuldigung«, sagte ich und öffnete die Beifahrertür. »Der Protztyp hat aber ein Kind.«

»Noch schlimmer«, meckerte sie nun vernehmbar und schob mit ihrem Kinderwagen ab.

»Was für ein Protztyp?«, fragte mein Vater.

»Na, du«, grinste ich. »Dicke Karre, keine Kinder.«

Mein Vater verzog seinen Mund zu einem schiefen Grinsen und umarmte mich.

»Hey, Janni, schön, dass du da bist.«

Seine blauen Augen ruhten auf mir. Ja, ich freute mich auch. Schließlich waren einige Wochen seit unserem letzten Treffen vergangen, und das war nicht gutgelaufen.

»Bevor wir fahren, möchte ich mich bei dir entschuldigen«, sagte er. »Du hattest recht. Es war dumm von mir, dir das mit Valerie zu verschweigen.«

»Ich kam mir echt blöd vor, als sie plötzlich in deinem Hemd vor mir stand«, sagte ich.

»Außerdem hätte ich nicht gedacht, dass du mir so wenig vertraust. Das war das Schlimmste.«

Mein Vater gab mir einen Kuss auf die Stirn und ließ den Motor an. »Kommt nicht wieder vor, versprochen.«

Langsam rollte der Wagen vom Bürgersteig auf die Straße.

»Und was ist mit Keilriemen-Otto passiert?«, fragte ich.

»Nichts. Er ist einfach eingeschlafen und nicht wieder aufgewacht.« Mein Vater bog auf die Hauptstraße ab. »Ich war da, kurz danach. Hatte mich mit einem Freund verabredet, doch als wir ankamen, war alles zu, und eine Frau lief mit Kisten zwischen dem Haus und einem Lieferwagen hin und her. Die hat es uns dann erzählt.«

»Irgendwie habe ich es gewusst«, sagte ich. »Ich habe es ihm angesehen.«

»Wirklich?« Zweifelnd zog er die Augenbrauen zusammen. »Woran?«

»Weiß nicht«, sagte ich. »An seinem Blick. Der ging ganz weit weg.«

»Du mit deinem siebten Sinn«, lächelte mein Vater. »Ich muss mich wohl daran gewöhnen, dass ich dir nichts mehr vormachen kann.«

»Das solltest du«, lächelte ich zurück. »Nach fünfzehn Jahren solltest du dich allmählich daran gewöhnen.«

Wir fuhren in die Nordstadt, den Stadtteil, in dem mein Vater wohnte, und hielten vor einem Café in der Nähe der Uni.

Tische und Stühle standen bereits draußen und waren bis auf einen besetzt. Mein Vater fischte seine Sonnenbrille aus der Jackentasche.

»Wir kriegen einen Hammersommer«, sagte er und zwinkerte mir zu. »Das merke ich jetzt schon. Ich hab nämlich auch solche Ahnungen.«

Wir bestellten Brause und Salzbrezeln, und ich war froh, dass es zwischen uns wieder entspannt war.

»Womit habt ihr denn jetzt so viel zu tun?«, fragte er und biss in seine Brezel.

»Mit allem«, antwortete ich. »Wir schreiben jeden Tag in irgendeinem Fach eine Arbeit und ...«

»Na ja«, unterbrach mich mein Vater. »Jeden Tag ist ja wohl etwas übertrieben, oder?«

»So kommt's mir aber vor«, sagte ich. »Und dann kriegen wir zusätzlich noch massenhaft Hausaufgaben. Die Lehrer sind gestresst, weil sie uns den Stoff in der kurzen Zeit noch irgendwie reinprügeln müssen. Ätzend.«

Er nippte an seiner Brause und schmunzelte,

und mir wurde bewusst, wie egal das eigentlich alles war. Es ging um ganz andere Dinge.

»Und was ist bei dir so los?«, fragte ich vorsichtig.

»Auch eine Menge«, seufzte mein Vater. Hinter meinem Kopf winkte er die Bedienung heran, um noch einen Kaffee zu bestellen.

»Bin grade ziemlich durcheinander.«

»Warum?«

»Valerie«, setzte er an und guckte angestrengt auf seine Schuhe. »Sie ... sie ..., ach, was soll's, Valerie ist schwanger, Jannah. Ich werde noch mal Vater. So, jetzt ist es raus.«

Beinahe ängstlich lauerte er auf meine Reaktion.

»Toll«, knirschte ich ironisch.

»Bitte erzähl es nicht Suzan«, sagte er. »Noch nicht.«

»Wieso? Weil es immer noch nichts Ernstes ist?«, spottete ich.

»Nein, weil ich es ihr selbst sagen will. Ich möchte mich demnächst mit deiner Mutter treffen.«

Langsam sickerte die Neuigkeit in mein Bewusstsein. Mein Vater wurde wieder Vater. Noch ein halbes Geschwister. Ich sah ihn an.

»Ich dachte, du wolltest keine Kinder mehr?«

»Wer sagt das? Deine Mutter?«

»Ist doch egal«, fauchte ich. »Ich find's total daneben!«

»Aber bei Suzan findest du es in Ordnung, oder was?« Seine dunklen Augenbrauen stießen in der Mitte fast zusammen, und sein Blick nagelte mich fest.

Störrisch verschränkte ich die Arme vor der Brust und schwieg. Die Züge meines Vaters entspannten sich. Ich merkte, dass er sich Mühe gab, nett zu bleiben, weil er keine weitere Konfrontation wollte.

»Ja, Jannah«, gab er zu. »Es gab Zeiten, da wollte ich keine Kinder, das stimmt. Die Verantwortung war mir einfach zu groß. Aber das hat sich geändert. Mit dir hat es sich geändert.«

»Wieso?«

»Na ja, du hast dich halt einfach so angekündigt, ohne dass Suzan und ich das geplant hätten. Warst dann eben da, und ich musste mich in die Rolle einfinden.«

»Hat ja nicht wirklich geklappt.«

»Vielleicht hast du recht, Jannah.« Der Ton meines Vaters wurde wieder schärfer. »Vielleicht war ich weder der perfekte Vater noch der perfekte Ehemann, das kann sein. Aber ich habe mich, verdammt nochmal, bemüht! Ich wollte für euch beide da sein. Ich wollte gut sein.«

Ich sah, dass er es ernst meinte, dass er ehrlich war, und ich sah auch, dass er verletzt war.

»Ich wollte mich von Suzan nicht trennen«, setzte er hinzu. »Wir hatten eine Krise, ja. Ich habe Fehler gemacht, ja. Aber sie und ich hätten diese Krise auch gemeinsam angehen können, so wie ich das wollte. Wir hätten uns nicht trennen müssen. Das hat deine Mutter gewollt, nicht ich.«

Nun verschränkte mein Vater seine Arme ebenso störrisch vor der Brust, und ich lachte. Wir waren uns oft so ähnlich.

»Das ist nicht witzig«, knurrte er.

»Doch«, grinste ich. »Ist es.«

Er warf mir noch einen trotzigen Blick zu und musste dann selbst grinsen. Widerwillig, aber er konnte nicht anders.

»Mann, du bist wie Suzan!«, stöhnte er. »Bissig wie eine Klapperschlange.«

»Komisch«, sagte ich.

Wir schwiegen einen Moment. Am Nachbartisch erklärte eine Mutter ihrem Sohn lang und breit, warum er nichts Süßes haben durfte.

»Lolli ham«, verlangte der Kleine ungerührt.

»Nein, Lennart. Ich habe dir gerade gesagt, du bekommst keinen Lolli.«

»Lolli ham«, beharrte er, und ich verdrehte die Augen, weil die Mutter wieder in endlose Erklärungen ausbrach.

»Lolli ham!«, schrie er ungeduldig über das ganze Café hinweg. »LOLLI HAM! LOLLI HAM!« Ich hielt mir die Ohren zu.

Die Mutter zahlte hastig und verschwand mit Lolliham an der nächsten Hausecke. Ein Gast neben uns wischte sich imaginären Schweiß von der Stirn.

»Viel Spaß dann«, grinste ich.

»Dito«, grinste mein Vater.

»Wie macht ihr das eigentlich?«, fragte ich. »Kommt Valerie nach Hannover?«

»Hmm, nein«, druckste mein Vater. »Wohl eher nicht. Sie fühlt sich in Berlin wohler.«

»Aber du gehst nicht nach Berlin, oder?« Argwöhnisch beobachtete ich jede seiner Regungen. Doch. Genau das.

»Janni«, begann er. »Ich hab ein Angebot von der Charité, das ist eine wirklich gute Klinik da und …«

»Boah!«, stöhnte ich. »Das darf nicht wahr sein, du gehst weg?«

»Ja.« Mein Vater seufzte schuldbewusst. »Also natürlich nicht sofort. Erst zum Herbst oder Winter, der genaue Termin steht noch nicht fest.«

Mir wurde schwindlig. Stumm starrte ich vor mich hin.

»Ist das denn wirklich so schlimm?«, fragte er. »Immerhin bist du fünfzehn, so dringend brauchst du mich doch gar nicht mehr.«

»Brauch ich wohl!«

Mein Vater lachte. »Aber ist es nicht viel cooler, einen Vater in Berlin zu haben, den du jederzeit besuchen kannst? Wenn Suzan und Sebastian nerven, ab in den Zug und weg hier. Ich hätte das damals super gefunden, wenn ich meine Mutter mal in den Staaten oder sonstwo hätte besuchen können.«

Ich schwieg immer noch. Vielleicht? Nein, nichts vielleicht!

»Und außerdem kann man in Berlin viel besser shoppen.«

»Mir doch egal!«

»Ach, jetzt sei nicht so«, sagte mein Vater. »Hier sehen wir uns auch nicht ständig. Kommst du mich eben alle zwei Wochen besuchen, hmm?«

»Och Mann, Papa, muss das jetzt echt alles sein?«

»Wieso, was denn noch?«

Er wusste natürlich nichts von Ken und mir, und ich würde es ihm nicht erzählen. Nicht heute. Es war alles schon chaotisch genug.

»Kannst du mich nach Hause fahren?«, bat ich. »Ich muss noch zig Vokabeln lernen. Wir schreiben morgen Englisch.«

»Ist gut, meine kleine türkische Kirsche.« Liebevoll strich er mir über die Wange. »Schlaf erst mal drüber. Dauert ja noch, bis es so weit ist, mit beidem.«

Als ich in die Wohnung kam, schlief meine Mutter in unveränderter Lage tief und fest auf dem Sofa. Ab und zu entfuhren ihr kleine Schnarcher. Die hatte es gut. Sie war einfach nur schwanger und brauchte sich um nichts weiter zu kümmern. Manchmal wünschte ich meinen Eltern, für eine Stunde ich zu sein. Nur für eine Stunde mal all die Dinge sortieren zu müssen, die in mir herumschwirrten. Mutter und Vater getrennt, beide mit neuen Partnern, mit denen sie sich irgendwie arrangieren mussten, ob es ihnen gefiel oder nicht. Mutter schwanger. Zusammen mit dem Jungen, den sie mir ungefragt als Stiefbruder aufgedrückt hatten und der plötzlich seltsame Eigenheiten zeigte. Eine Stiefschwester, der zwischen Engel und Teufel alles zuzutrauen war, eine Freundin, die auf dem besten Weg war, Mist zu bauen. Und ein Vater, der sich bald vom Acker machen würde, um auch eine neue Familie zu gründen. Herzlichen Glückwunsch!

Ken hatte angerufen, das Display zeigte nicht nur drei Anrufe, sondern auch noch zwei Kurznachrichten an.

Warum gehst du nicht dran?
Wo bist du? Ruf zurück! KK

4
Geflügeltes Geständnis

»Jetzt lass mich doch mal ausreden!«, schimpfte Lou. »Du redest nur noch von dir.«

»Und du?«, gab ich zurück. »Redest die ganze Zeit von Pepe. Schmalz hier, Schmalz da. Weißt du was? Ich will das nicht hören. Pepe interessiert mich nicht. Nachher heulst du wieder, weil Jarush dich verlässt.«

»Mann, bist du ego!« Kloink machte es, und Lou war weg.

Ungläubig glotzte ich auf mein Handy. Sie hatte mich wirklich weggedrückt. So was Blödes. Jetzt hatte ich mich doch noch mit Lou verkracht, und es blieb niemand mehr, dem ich das alles erzählen konnte. Niemand außer Ken.

»Hey«, schnurrte er, als ich anrief. »Wo warst...«

»Unterwegs«, unterbrach ich ihn. »Mit meinem Vater. Hatte das Handy zu Hause vergessen.« Den letzten Satz schob ich gleich nach, um seiner nächsten Frage zuvorzukommen.

»Und wie war's?«

»Doof«, sagte ich. »Er zieht nach Berlin und kriegt ein Kind.«

»Dein Vater?«

»Nein, seine Freundin natürlich.«

»Und das ärgert dich?«

»Ja.«

»Warum?«

Ja, warum eigentlich? Auch mein Vater hatte ein Recht auf eine glückliche Beziehung. Auch er durfte sich das Leben schön machen und sich verändern. Insgeheim merkte ich, dass ich eifersüchtig war. Ich war seine Tochter und wollte um nichts in der Welt, dass er noch ein Mädchen bekam. Sie würde mich sonst wohl möglich vom Thron schubsen. Valerie sollte gefälligst auch einen Sohn kriegen.

»Es stinkt mir einfach«, sagte ich. »Ich will das nicht. Überall dieses Babygekriege. Alle müssen sich plötzlich unbedingt noch mal fortpflanzen. Gibt doch genug Menschen auf der Welt.«

»Ist was dran«, gab Ken zu. »Meine Mutter hat auch einen neuen Typen und ...«

»Ja? Seit wann?«

»Seitdem wir in der Türkei waren.« Ken schnaufte. »Da hatte sie freie Bahn.«

»Und was ist das für einer?«

»So'n Blacky.«

»Echt? Wie Sepp?«

»Nee, viel dunkler. Spricht kaum Deutsch und macht sich wichtig.«

»Wo kommt er her?«

»Keine Ahnung, Afrika, Timbuktu, was weiß ich?«

»Und wieso ...«

»Jannah, meine Mutter spricht nicht mit mir. Zumindest nicht darüber. Und wenn sie schwanger werden würde, wäre ich garantiert der Vorletzte, der es erfährt.«

Ich lachte. »Und Sepp der Letzte?«

»Hundertpro«, lachte auch Ken. »Hey, lass uns treffen, ja?«

»Jetzt noch?«

»Nur kurz«, säuselte er. »Komm schon, nur ganz kurz.«

»Mann, ich muss lernen«, maulte ich halbherzig.

»Ich frag dich ab.«

»Was du mich wohl abfragst«, schmunzelte ich. »Vokabeln sicher nicht.«

»Zuerst vielleicht nicht, aber dann schon.«

»Na gut«, sagte ich langsam. »Aber wirklich nur kurz. In fünfzehn Minuten an der Ecke, schaffst du das?«

Fast hätte ich am Hollywood gesagt. Ken wusste nicht, dass ich die Ecke so nannte, weil ich ihn da bei unserem ersten Zusammenprall für eine Sekunde mit Craig David verwechselt hatte.

»'türlich, bis gleich.«

Was für ein Tag. Nur unterwegs, nichts geschafft. Gar nichts. Ich ging ins Bad, um mich nachzuschminken, und vergaß es, als mein Blick auf das Wandregal fiel, wo Kens Armband neben meinem lag. In zehn Tagen hatte er Geburtstag, und ich hatte keinen Schimmer, was ich ihm schenken sollte.

Eigentlich hatte ich in der Türkei etwas für ihn kaufen wollen. Irgendwas Unverfängliches hatte ich da noch gedacht, ein harmloses Stiefbrudergeschenk. Doch das ging jetzt nicht mehr. Ich musste mir was einfallen lassen. Etwas Persönliches, etwas mit Gefühl, das mich aber auch nicht zu sehr outen sollte, denn ich wollte natürlich keinesfalls, dass er dachte, ich würde mich ihm komplett ausliefern. Dafür genoss ich unsere vertauschten Rollen zu sehr.

Obwohl, hinterhergelaufen war ich ihm ja nie. Das hatte ich eher im Stillen mit mir selbst abgemacht. Bis auf das verunglückte Geständnis, als ich Ken beim Säubern der Tags an der Hallenwand geholfen hatte. Doch von der echten Dimension hatte er überhaupt keine Ahnung gehabt, und ich wollte, dass es so blieb. Erst mal.

Es klingelte an der Tür, und ich trat aus dem Bad.

»Hallo, Jannah«, begrüßte mich Sepp, als ich aufmachte, und polterte sofort los. »So ein Mist, jetzt habe ich meinen Schlüssel endgültig verloren!«

»Du meinst diesen hier?«, fragte ich und zeigte auf seinen Schlüsselbund, der an der Innenseite der Wohnungstür hing.

»Das gibt's doch gar nicht!«, entfuhr es Sepp. »Ich hab den doch ... ich weiß genau, dass ich den ...«

»Am Alter dürfte es ja noch nicht liegen, oder?«, stichelte ich, während Sepp kopfschüttelnd vor sich hinmurmelte.

»Unfassbar, vielleicht sollte ich mal zum Arzt gehen ...«

Ich warf einen Blick ins Wohnzimmer, wo meine Mutter noch immer auf dem Sofa lag. Vom Klingeln war sie aufgewacht und guckte nun mit verschlafenen Rehaugen unter ihrem Eisberg hervor.

»Wieso war Ken eigentlich hier?«, fragte sie.

»Ken war hier?«, fragte auch Sepp. »Warum?«

Beide sahen mich an, und ich kam mir vor, als hätte ich was angestellt. Bestimmt merkten sie es. Sahen es an meinen flatternden Augenlidern, an meinen fahrigen Bewegungen. Dabei musste ich doch einfach nur normal bleiben. So wie immer. Ganz ruhig, nichts passiert, keiner konnte meine Gedanken lesen, keiner wusste, was ich wusste. Keiner. Auch wenn ich dachte, dass es mir ins Gesicht geschrieben stand, war das nicht so. Nein, das war es nicht.

»Ja, ähm, weiß nicht.« Ich zwirbelte an meinen

Haaren und zählte die Ritzen in den Holzdielen. »Hatte was vergessen, glaub ich.«

»Na, das passt ja«, nickte Sepp. »Muss in der Familie liegen.«

Sepp setzte sich zu meiner Mutter und küsste sie. »Na Süße, was macht unser Bruno?«

»Was Bruno macht, weiß ich nicht«, lächelte meine Mutter zuckersüß. »Ich weiß nur, dass es Noyan gutgeht.«

»Ich hab übrigens noch einen«, sagte Sepp. »Was hältst du von Samson?«

»Samson Sander?« Meine Mutter verzog angewidert das Gesicht. »Du solltest wirklich mal zum Arzt gehen.«

»Ich glaub, wir haben kein Brot mehr«, rief ich den beiden zu und schlüpfte gleichzeitig in Jacke und Schuhe. »Ich gehe schnell welches holen, ja?«

»Jannah, warte, du ...« Meine Mutter richtete sich halb auf, doch ich war schon aus der Tür. Hastig zog ich sie zu und sprang die Stufen hinab.

Draußen dämmerte es, und die Blüten unserer Magnolie schimmerten weiß dagegen. Es duftete nach Frühling, nach Frische, und weil ich wusste, dass ich ihn gleich treffen würde, nach Ken. Ich pflückte eine Blüte und steckte sie an meiner Haarklemme fest.

Die Aufregung, die ich von zu Hause mitgenommen hatte, setzte sich fort, als ich ihn am Hollywood stehen sah. Rutschte nur eine Etage tiefer, wo es wärmer und schöner war. Viel wärmer und so viel schöner.

Wortlos streckte er seine Hand nach mir aus und zog mich an sich. Seine Lippen waren noch weicher als sonst. Er wich ein wenig zurück, um mich anzusehen, und legte dann seinen Arm um meine Hüfte. So gingen wir die Straße runter und bogen dann ab in die Eilenriede, den Hannover'schen Wald. Um diese Zeit würden wir sicher nur ein paar Joggern begegnen. Am Sonnenspielplatz machten wir halt und setzten uns auf eine Bank. Zwei Hunde stromerten mit ihren Besitzern den Weg entlang. Sonst war niemand da. Ich merkte, dass Ken etwas bedrückte und dass es ihm schwerfiel, darüber zu sprechen. In der Nähe läutete eine Kirchenglocke, und ich fragte mich, ob es noch Menschen gab, die dort hingingen, um zu beten oder sich etwas von der Seele zu sprechen. Wir besuchten immer nur die Weihnachtsmesse, wenn der Gospelchor sang. Ich versuchte, mir Ken vor dem Kreuz kniend vorzustellen, doch es gelang mir nicht. Er saß zu leibhaftig neben mir.

»Mann, ich weiß echt nicht, was mit mir los ist«, sagte er schließlich. Ich wartete, bis er weitersprach.

»Ich krieg grad nichts auf die Reihe.« Ken mied meinen Blick. »Will ständig mit dir zusammen sein und kann's nicht ab, wenn jemand anders bei dir ist. Egal, wer.«

Ich lächelte, aber nur innerlich, um ihn nicht zu beschämen.

»Die Kette ...« Er tippte an meinen Hals. »Die macht mich ... Scheiße.« Ken stand auf und ging eine paar Schritte von mir weg. Ich sah, wie er mit sich kämpfte, ob er weitersprechen oder doch besser schweigen sollte. Unwillkürlich griff ich nach den goldenen Flügeln, die mir Sayan in der Türkei geschenkt und die ich vom ersten Moment an geliebt hatte. Ken setzte sich wieder neben mich, ließ jedoch eine kleine Lücke zwischen uns.

»Ich bin total eifersüchtig«, gestand er. »Und das nervt mich. Ich mag mich so nicht. Weil, eigentlich bin ich nicht so. Eigentlich bin ich ganz anders, weißt du?«

Als ich auch dazu nichts sagte, sah er mich an. »Versteh mich nicht falsch, Kismet, aber das hätte ich nie gedacht.«

»Was meinst du?«

»Na, dass ich dich mal so, äh ... na, du weißt schon.«

»Mögen würdest?«

»Ja«, sagte er dankbar, weil ich nicht das große

Wort benutzt hatte. »Ja, du bist mir am Anfang gar nicht aufgefallen. Und als deine Mutter und Sepp dann ... da ... da hast du mich ziemlich genervt und ...«

Puh. Er war wirklich ehrlich, doch ich beschloss, es sportlich zu nehmen, und schwieg erneut.

»Aber als wir im Urlaub waren und du mit diesem Dings unterwegs warst, da ... na, weiß ich auch nicht. Jedenfalls ist da irgendwas passiert. Da wollte ich nur noch, dass du mit mir, also bei mir bist.«

Seine Finger schoben sich zwischen meine und strichen langsam über meine Handinnenfläche. Das kitzelte. Ich zog sie nicht weg.

»Und das will ich auch jetzt ständig ...« Vorsichtig tasteten sich seine Augen in meine. Sie waren so dunkel, dass ich mich darin spiegeln konnte. Da war nur ich. Angestrahlt von seinem Blick. Ich war gemeint. Nur ich. Ich spürte plötzlich eine Kraft in mir, die ich noch nie wahrgenommen hatte. Ken hatte sich mir offenbart, hatte sich erklärt, nichts beschönigt, nichts zurückgehalten. Er hatte gesagt, was war. Ich bewunderte ihn für seine Offenheit, für seinen Mut. Ich hätte das nicht gekonnt. Ich hätte mich nie so verletzlich gezeigt. Zumindest nicht jetzt. Und gleichzeitig freute ich mich so sehr über dieses Geschenk, das er mir gerade gemacht hatte. Der Wald um uns herum schien plötzlich grüner und dichter. Er schien uns zu umfangen und zu schützen. Er schien unser Geheimnis zu bewahren, so wie ich Kens Geständnis bewahren würde. Ich hob den Kopf und atmete tief in den kühlen Wind, der rauschend durch die Bäume fuhr, und fühlte mich eins mit allem.

»Ich hätte ihm fast eine reingehauen«, sagte Ken.

»Du, Sayan?«

»AARRH!«, machte er und hielt sich die Ohren zu. »Sag nicht diesen Namen!«

Ich lachte. »Wirklich? Aber er konnte doch gar nichts dafür.«

»Mir scheißegal«, sagte Ken. »Trotzdem.«

»Gut, dass du das nicht gemacht hast«, sagte ich. »Wer weiß, was dann am letzten Abend gewesen wäre.«

»Vorher hätte ich mich aber besser gefühlt«, grinste Ken. »Hat er sich eigentlich mal wieder gemeldet?«

»Nein«, sagte ich. »Das letzte Mal, als wir mit Ally und Wolfgang in Pamukkale waren.«

»Hat er dich angerufen?«, hakte Ken nach. »Oder, oder habt ihr nur geschrieben?«

»Geschrieben.«

»Und ... was ... so?«

»Ken«, rief ich und boxte ihn in die Rippen. »Jetzt hör auf, du weißt doch ...«

»Jajajajaja«, fuhr er mir sofort dazwischen und küsste mich stumm und platt.

»Wo hast du denn jetzt das Brot?« Mit vorgeschobener Kugel stützte sich meine Mutter am Küchentresen ab, als ich zwanzig Minuten später eintrat.

»O Shit, vergessen!«

Prüfend schmunzelte sie mich an. »Na sag schon, wie heißt er?«

Ich zuckte zusammen, und das entging ihr natürlich nicht.

»Kannst du mir ruhig sagen, Annem«, schmeichelte sie. »Ist doch in Ordnung, wenn du einen Freund hast.«

»Nee«, machte ich verlegen und verstummte gleich wieder, weil ich mir eher die Zunge abgebissen hätte, als ihr etwas zu sagen.

»Jemand aus deiner Klasse?«

»Nein«, rief ich entrüstet. »Auf keinen Fall.«

»Aus deiner Schule?«

»Vielleicht.«

»Bitte sag es mir doch«, bettelte sie. »Ich bin so neugierig.«

»Nein.«

»Wirklich nicht? Du sagst mir nicht, mit wem du zusammen bist?«

»Ich sage dir nicht mal, ob ich überhaupt mit jemandem zusammen bin, Anne.«

»Du bist gemein, ich dachte du vertraust mir.«

»Tue ich auch«, nickte ich. »Meistens. Aber nicht, wenn du so kleinkindmäßig bist.«

»Phh, dann eben nicht.« Enttäuscht wandte sich meine Mutter ab, um sich eine Sekunde später mir wieder zuzuwenden.

»Ha, weißt du, wer mich heute angerufen hat?«

»Lass mich raten«, seufzte ich. »Papa.«

»Woher weißt du das?«

»Anne, ich habe dir vorhin gesagt, dass ich mich mit ihm treffe, schon vergessen? Du lagst auf dem Sofa.«

»Wirklich? Du hast dich mit ihm getroffen?«

»Mann, bist du schwanger«, stöhnte ich. »Hoffentlich ist das bald vorbei. Du kriegst ja gar nichts mehr mit.«

»Mach dir nicht allzu viele Hoffnungen, Güzelim«, lächelte meine Mutter. »Danach bin ich im Stillnebel, da ist es mit der Aufnahmefähigkeit auch nicht weit her.«

»Mein Gott, Anne, werd bitte schnell wieder normal, ja?«

»Ich bemühe mich«, lächelte sie. »Versprochen.«

5
Unterwäsche für Heinz-Dieter

»Habt ihr schon das mit Fiona gehört?«, fragte Carmen Frida, Lou und mich ein paar Tage später in der Pause. Lou und ich hatten uns zwar nicht richtig vertragen, aber darauf geeinigt, das Thema Jungs für eine Weile beiseitezulassen. Das bedeutete natürlich auch, dass wir uns nicht gerade viel zu erzählen hatten.

»Welche Fiona?«, fragte ich.

»Die mit deinem Stiefbruder in einer Klasse ist.«

»Ach, die Tusse«, sagte Lou. »Nein, weiß ich nicht.«

Auch Frida und ich schüttelten die Köpfe.

»Was war denn?«

»Ich weiß es auch nicht so genau«, sagte Carmen. »Aber sie war beim Schularzt, und Samuel hat zu Ludwig vorhin irgendwas von Pulsadern gesagt.«

»Was?« Entsetzt starrten wir uns an. »Aufgeschnitten, oder was?«

Carmen guckte geheimnisvoll. »Ich gehe davon aus.«

»Uhh.« Frida schüttelte sich und rieb in Vorstellung des Schmerzes ihre Handgelenke. Lou schüttelte den Kopf.

Ich fand, dass es irgendwie zu Fiona passte. Sie schminkte sich sehr auffällig, trug Hotpants, aus denen der halbe Hintern rausguckte, und tiefe Ausschnitte. Sie rauchte, kiffte und ließ keine Party aus, wo mehr Alkohol als alles andere floss. Warum nicht auch so etwas? Vielleicht nur ein weiterer Versuch, im Mittelpunkt zu stehen?

Ich merkte, dass ich die Sache bereits abtat. Ich hatte mit Fiona nichts zu tun. Sie war einfach nur ein Mädchen aus Kens Klasse. Viel mehr beschäftigte mich, dass er und Merrie am Abend zu uns kommen würden. Wir alle zusammen in der Wohnung. Am Esstisch. Im Wohnzimmer. Auf dem Sofa. Er und ich vor den Augen unserer Eltern. Merrie dazwischen. Wie sollten wir uns begegnen? Wie war das vorher gewesen, als alles noch normal war? Ich hatte es vergessen.

Als wenn er meine Gedanken gehört hätte, sah ich Ken auf uns zukommen. Lou schmunzelte. Ich warnte sie mit zusammengekniffenen Augenbrauen.

»Kommst du mal kurz?« Ken zupfte am Ärmel meiner Jacke. Lous Schmunzeln verbreiterte sich.

»Was denn?«, tat ich arglos, ließ mich aber mitziehen.

»Familienangelegenheit«, sagte Ken, »ist wichtig.«

Wir stellten uns abseits von den anderen unter die Eichen am Schultor.

»Na?«, grinste ich.

»Na?«, grinste er zurück. »Wie ist es ohne mich?«

»Schrecklich ... unerträglich ... schlimm.« Ironisch blinzelte ich ihn an. »Richtige Antwort?«

»Schon nicht schlecht«, sagte er, »aber das könnte noch überzeugender kommen. Vor allem die Reihenfolge. Das ›unerträglich‹ muss mit der richtigen Betonung an den Schluss.«

»Weinen muss ich aber nicht, oder?«

»Och«, machte er, »so ein Tränchen hätte doch was.«

»Was ist denn nun so Wichtiges?«

»Das kann ich nicht laut sagen.«

»Dann sag's leise.«

»Dann verstehst du mich nicht.«

»Ken«, mahnte ich, »worum geht's?«

»Es geht darum«, sagte er langsam, »dass ich total genervt bin, weil Drechsler wieder rumspinnt und Rouven und mich durchfallen lassen will. Es geht darum, dass ich jetzt eine Freistunde habe und nicht weiß, was ich machen soll, und es geht verdammt nochmal darum, dass ich dich nicht anfassen kann.«

»Nein«, lachte ich, »das kannst du nicht. Jetzt nicht und nachher schon gar nicht.«

»Stimmt«, sagte er, »es sei denn ...«

»Was?«

»Es sei denn, wir sagen es ihnen einfach.«

»Nein!« Ich schnappte nach Luft. »Bloß nicht! Meine Mutter hat 'ne Frühgeburt, wenn sie es erfährt.«

»Wieso?«, lachte Ken. »Wir haben doch gar nichts gemacht.«

»Bitte noch nicht, ja?«

Es klingelte zur nächsten Unterrichtsstunde. Lou sah zu mir rüber, ich winkte ab, und sie ging mit Carmen und Frida vor ins Schulgebäude.

»Gut, aber zum Versteckspielen habe ich auf lange Sicht keinen Bock, okay?«

»Du warst derjenige, der sich keine Sprüche von seinen Freunden anhören wollte«, erinnerte ich Ken.

»Egal«, grinste er, »was interessiert mich mein Geschwätz von gestern?«

Gemeinsam gingen wir rein und stießen fast mit Herrn Drechsler zusammen, der in sein altes Handy tippend zum Ausgang strebte.

»Ach, ähm, Herr Drechsler«, sagte Ken laut. »Mobilfunknutzung ist auf dem Schulgelände untersagt.«

Ich hielt die Luft an.

»Du hast es gerade nötig«, schnauzte Drechsler. Weil er so klein war, musste er den Kopf in den Nacken legen, um Ken anzusehen. »Nichts als dumme Sprüche in der Birne.«

»Paragraph sieben, Absatz drei der Schulordnung«, grinste Ken auf ihn herab. »Hab ich nicht geschrieben.«

»Du ...« Herr Drechsler funkelte Ken noch einmal böse von unten an und verschwand.

»Ist das wirklich Paragraph sieben?«, fragte ich beeindruckt.

»Keine Ahnung«, grinste Ken wieder. »Hat aber gewirkt.«

»Du musst dich auch nicht wundern, dass der dich nicht leiden kann«, sagte ich, »so wie du ihn provozierst.«

»Ey, Sander.« Von hinten schlug eine Hand auf Kens Schulter. »Wo bist du, Alter? Ich such dich schon überall.«

Rouven trat neben Ken und warf mir einen kurzen Blick zu.

»Lass mal zum Kiosk gehen.«

Es klingelte zum zweiten Mal, und ich musste mich sputen, um nicht zu spät zum Unterricht zu kommen.

»Tschüs«, sagte ich.

»Ja, bis nachher«, sagte Ken. »Wir sind gegen sechs da.«

»Okay.«

Misstrauisch sah ich den beiden nach. Es passte mir nicht, wenn Ken mit Rouven wegging. Er führte ständig irgendetwas im Schilde. So wie damals, als sie mit Demian an der alten Fabrik getaggt hatten. Rouvens Vater war Anwalt und hatte seinen Sohn rausgehauen, ohne dass er belangt wurde. Nicht einmal an der Reinigung musste er sich beteiligen, obwohl es so vereinbart gewesen war. Das nervte mich immer noch. Ken sagte, Rouven habe ein *Autoritätsproblem* und müsse sich deshalb öfter prügeln oder andere Dinge tun, die man nicht dürfe. Es sei bei ihm eine Art Reflex und nicht ernst zu nehmen. Für mich war der Typ einfach nur gestört.

Es duftete verführerisch, als ich am frühen Nachmittag nach Hause kam. Meine Mutter stand mit Schweißperlen auf der Nase am Herd und briet Zucchini. Immer wenn sie neue Scheiben ins Öl legte, zischten heiße Tropfen empor. Über ihrem Bauch spannte sich Sepps Küchenschürze. In einem Topf gurgelte irgendetwas, das verdächtig nach Knoblauch roch. Auf der Anrichte lagen und standen Baguettes, Couscous, Salate und Dips neben noch vollen Einkaufsbeuteln.

»Ach super, dass du kommst, Jannah«, rief sie mir zu.

»Kannst du bitte mal schnell das Baklava rausnehmen, mir brennen die Kabaks hier sonst an.«

Mit routinierten Griffen hob sie die Scheiben aus der Pfanne und fluchte, als dabei heißes Öl auf ihre Hand spritzte.

»Was machst du denn?«, fragte ich, während ich die Tüten auspackte. »Sieht fast aus wie ein Festessen.«

»Ja«, lächelte sie, »wird es auch, weil wir das erste Mal nach dem Urlaub wieder alle zusammen sind. Das muss doch gefeiert werden.«

Mir wurde bei dem Gedanken zwar erneut mulmig, aber irgendwie würden wir die Sache schon schaukeln. Früher hatte ja auch niemand etwas gemerkt.

»Soll ich dir helfen?«, fragte ich, doch meine Mutter schüttelte den Kopf.

»Noch nicht, danke. Ich mache erst einmal alles fertig, dann können wir später den Tisch decken.«

»Ist gut«, sagte ich und ging in mein Zimmer. Ich öffnete meinen Kleiderschrank und stöberte nach Brauchbarem. Was sollte ich anziehen? Es musste etwas Schönes sein. Ich merkte, dass ich Ken trotz allem ein bisschen herausfordern wollte. Einen kleinen Hang zur Spielerei mit Jungs musste ich mir wohl eingestehen. Einerseits sollte er sich neutral verhalten, andererseits würde ich ihm genau das besonders schwer machen. Wie hatte mich mein Vater neulich genannt? Klapperschlange? Ich grinste in mich hinein, griff zu einem ausgeschnittenen Shirt, meinem Lieblingspushup und der teuren Siebenachteljeans, die meine Mutter hatte springen lassen. Ich lackierte meine Fußnägel und lief barfuß, obwohl es nicht wirklich warm war. Das alles verfehlte seine Wirkung nicht.

Noch in der Tür presste Ken die Lippen aufeinander und schüttelte den Kopf. Merrie kam vor ihm rein, so dass sie es nicht sah. Wir drei waren allein im Flur. Sepp und meine Mutter wuselten in der Küche herum.

»Hi«, lächelte ich.

»Hi«, sagte er und ließ seine Tasche wie gewohnt in die nächste Ecke schliddern. Merrie hängte ihre Jacke auf, streifte ihre Stiefel ab, stellte sie sehr aufrecht hin und sah zwischen Ken und mir hin und her.

»Und?«, sagte sie leise. »Was wird das hier heute, Showdown oder gute Miene zum bösen Spiel?«

»Quatsch«, murrte Ken genervt. »Weder noch.«

»Halloho!« Meine Mutter kam mit einer Servierplatte voll Börek in den Flur. »Da seid ihr ja.«

Sie drückte Sepp, der hinter ihr aus der Küche

trat, die Platte in die Hand und umarmte die beiden. Ken zeigte auf ihren Bauch. »Ganz schön gewachsen, das Güntherchen.«

»Noch einmal Günther, und ich mach dich zu Heinz-Dieter.« Meine Mutter puffte ihn. »Kommt ihr zwei, fasst gleich mal mit an.«

Sepp übergab die Platte seinem Sohn, der damit treu ins Esszimmer trabte. Dicht gefolgt von meiner Mutter, die ihn fragte, wie ihm der Name Daouid gefiele. Mich hatte sie das nicht gefragt.

»Hey, Merrie.« Sepp zog seine Tochter zu sich, doch sie blieb seltsam steif. »Was ist los? Ärger in der Schule? Fünf geschrieben?« Er versuchte, sie aufzuheitern. »Oder ist etwa ein Fingernagel abgebrochen? Zeig mal her.«

»Nein«, schmunzelte sie und verbarg ihre Hände in den Hosentaschen. »Bin nur ein bisschen müde. Gestern hatten wir eine lange Probe für das Musical. In zwei Wochen treten wir im Opernhaus auf.«

»Ja was?«, rief Sepp entrüstet. »Und warum erfahre ich davon nichts?«

»Ich sag's dir doch«, verteidigte sich Merrie. »Heute.«

Wir folgten meiner Mutter und Ken ins Esszimmer und setzten uns. Ken neben mir, Merrie gegenüber. Ganz normal wie Stiefgeschwister, die an einem Tisch sitzen. Kens Blick streifte mich nur selten und verriet nichts. Gar nichts. Hatte das mit meiner Weigerung zu tun, unseren Eltern zu sagen, was Sache war? Oder entsprach sein Ausdruck nur unserer Vereinbarung? Oder ging es um das, was er mit Rouven besprochen hatte?

Merrie beobachtete Ken und mich verstohlen. Auch eine Spur Neugier war dabei; sie konnte ja nicht wissen, ob und was noch zwischen uns war. Ken hatte garantiert nicht mit ihr gesprochen. Aber, und das rechnete ich ihr hoch an, sie hatte uns nicht verraten. Weder Sepp noch meiner Mutter noch sonst jemandem. Da war ich mir sicher. Ich vermutete, dass es nicht mal ihre Freundin Candice wusste. Dabei fiel mir Levent ein, mit dem Merrie im Urlaub zusammen gewesen war. Ob die beiden noch Kontakt hatten? Ich fing Merries Blick auf und versuchte, die telepathische Verbindung zu schaffen, die wir für einen Moment am Lagerfeuer gehabt hatten, doch sie wandte sich sofort ab und ließ ihre Korkenzieherlocken ins Gesicht fallen. Als könnte ich sie entlarven oder entdecken, was sie verbarg. Ihr typisches Merrie-Rot, das normalerweise loderte und glühte, war heute transparenter und kühler. Nur ein heller Schleier ihrer selbst. Es war merkwürdig. Doch bevor ich es genauer analysieren konnte, drängte sich Ken dazwischen, indem er unter dem Tisch einen seiner großen Füße auf meine stellte. Das war zwar für die anderen unsichtbar, trotzdem fuhr ich zusammen und funkelte ihn an. Er grinste nur und ließ seinen Fuß an Ort und Stelle. Merrie verdrehte die Augen, und meine Mutter und Sepp bekamen gar nichts mit, obwohl es so offensichtlich war. Zumindest dachte ich das.

»Melkam Megeb«, sagte meine Mutter gerade fröhlich in die Runde. »Greift zu. Afiyet olsun.«

»Wollt ihr den Kleinen jetzt Daouid nennen?«, fragte ich und tat Couscous auf meinen Teller. Croc behielt ich für mich. Den Spitznamen würde ich bei passender Gelegenheit einsetzen.

»Wir überlegen«, sagte Sepp. »Daouid ist die afrikanische Form von David, mir gefällt das.«

»David finde ich viel schöner«, sagte ich, und Merrie nickte. »Das andere kann doch kein Mensch aussprechen.«

»Und was sagt ihr zu Davud?«, fragte meine Mutter. »Das wäre dann arabisch-türkisch. Finde ich auch nicht schlecht.«

»Nee, Davud nicht.« Ken griff nach einem der kleinen Fladenbrote und tunkte es ins Kichererbsenpüree. »Dann schon lieber Gün…«

»Vorsicht«, unterbrach ihn meine Mutter. »Da geht's bergab, Heinz-Dieter.«

»Es ist ja noch ein bisschen Zeit bis zur Geburt«, sagte Sepp und wandte sich an Merrie.

»Jetzt will ich erst mal wissen, was da im Opernhaus los ist.«

Während wir aßen, erzählte Merrie von ihrer großen Musicalaufführung, bei der sie eine der Hauptrollen besetzen würde. Und wenn es gut lief, bekam die Gruppe einen festen Programmplatz und stand alle halbe Jahre im Opernhaus auf der Bühne. Nicht nur, dass Merries Modeclip im Sommer in die Kinos kommen würde. Jetzt auch noch eine echte Bühne. Der Neid stach mir in den Magen. Frau Meisner machte mit unserem Streetdance nur noch wenig. Nachdem zwei Tänzerinnen die AG verlassen hatten, dümpelten wir so dahin. Es kam nichts Neues mehr. Frau Meisner hatte ihre private Tanzgruppe, Biologie und Sport in drei Klassen zu unterrichten. Sie machte keinen Hehl daraus, dass sie die AG gern abgegeben hätte. Ich würde mir etwas einfallen lassen müssen, denn Merrie lag ganz klar vorne.

Immer noch meine Füße wärmend, erzählte Ken dann von Fiona. Sie hatte sich zwar nicht die Pulsadern aufgeschnitten, aber geritzt und war mit blutigen Armen im Unterricht erschienen. Der Schularzt musste ihre Wunden verbinden, und sie tat danach so, als wäre nichts gewesen.

»Das ist ja entsetzlich!«, rief meine Mutter. »Was ist denn mit dem Mädchen los?«

»Sie kommt nicht mehr richtig klar.« Ken zuckte die Schultern. »Seit ihre Unterwäschefotos in der Cafeteria hingen.«

»Wann?«, schossen Merrie und ich gleichzeitig hervor.

»Was?«, rief Sepp. »Wieso hingen da Fotos, um Himmels willen?«

»Aman Allahım!«, stöhnte meine Mutter.

»Na ja.« Ken hatte wohl nicht mit so einer heftigen Reaktion gerechnet. Er bereute es sichtlich, so ein brenzliges Thema angefangen zu haben, aber zurück konnte er auch nicht mehr. »Sie hat mit einer Freundin Fotos in Unterwäsche gemacht«, fuhr er fort. »Irgendwie sind ein paar davon auf Facebook gelandet…«

»Das darf doch nicht wahr sein!« Meine Mutter fasste sich an die Stirn.

»Und einer hat die Bilder ausgedruckt und aufgehängt«, vollendete Sepp. Ken nickte.

»Und jetzt?«, fragte meine Mutter. »Was wird jetzt aus dem armen Mädchen?«

»Keine Ahnung«, sagte Ken. »Erst mal muss sie für zwei Wochen in so eine Klinik.«

»Vielleicht nicht die schlechteste Lösung«, nickte Sepp. »Bevor sie sich noch Schlimmeres antut.«

Auch meine Mutter nickte.

»Fiona kennt ein paar Schwachmaten, die sie in

so was reinziehen«, sagte Ken. »Aber eigentlich ist sie in Ordnung. Und nicht doof. Überhaupt nicht.«

»Was ist mit ihren Eltern?«, fragte meine Mutter. »Passen die nicht auf sie auf?«

»Weiß nicht«, sagte Ken. »Ich glaub, die kommen nicht mehr an sie ran.«

»So ein paar Bilder sind ja nicht wirklich tragisch«, sagte Sepp. »Da hat das Mädchen eben einen Fehler gemacht. Kann passieren. Bitter ist aber die Tatsache, dass diese Fotos auf ewig im Netz bleiben und ihr jeder schaden kann. Jederzeit. Auch wenn sie schon längst erwachsen ist und vielleicht eine Wohnung oder Arbeit sucht.«

»Aber wenn sie gelöscht werden?«, fragte Merrie. »Dann sind sie doch weg.«

»Nicht unbedingt«, sagte Sepp. »Wer garantiert denn, dass sie wirklich gelöscht sind und nicht auf irgendeinem Rechner schlummern?«

»Und wenn drei Leute sie kopiert haben und nach Lust und Laune verteilen?«, sagte meine Mutter. »Einer hat das doch schon gemacht.«

»Dumm gelaufen«, sagte Ken. »Aber es gibt bald ein Gespräch mit ihren Eltern und den Lehrern. Alle hoffen, dass sich derjenige freiwillig meldet, der die Fotos aufgehängt hat.«

»Wenn der überhaupt aus eurer Schule ist.«

Sepp nahm einen Schluck Wasser. »Das kann ja sonst wer sein.«

»Stimmt, aber das glaube ich nicht«, sagte Ken. »Das ist einer, der sie kennt. Vielleicht auch jemand aus den höheren Klassen.«

»Na, da bin ich ja mal gespannt«, sagte Sepp. »Ich kann mir nicht denken, dass der sich zeigt.«

»Herr Karter hat versprochen, dass er nicht bestraft, sondern nur verwarnt wird. Er muss eine schriftliche Erklärung abgeben, dass er Fionas Bilder komplett gelöscht hat und auch keine weiteren Abzüge besitzt.«

»Ist das euer Jahrgangsleiter?«, fragte meine Mutter.

»Ja«, nickte Ken. »Der ist okay.«

»Hoffen wir, dass die Sache gut ausgeht«, sagte Sepp. »Und dass die Fotos für immer verschwinden.«

»Ja, hoffentlich«, pflichtete ihm meine Mutter bei. »Vielleicht hat das ja auch sein Gutes. Wenn andere davon erfahren, wie schnell man in so einen bösen Strudel geraten kann, geben sie im Internet nicht mehr unbedacht so viel von sich preis.«

Im selben Moment klingelte es, und meine Mutter stand seufzend auf. »Hay Allah, immer beim Essen!«

6
Glaswürmer im Schlammbad

Am nächsten Morgen kam Ken in Zeitlupe in die Küche geschlurft. Die Augen halb geschlossen.

»Na, Junge«, grinste Sepp. »Du siehst ja immer noch maximal entspannt aus.«

»Hmm?«, grunzte Ken, und obwohl ich wegen des gestrigen Abends ein wenig launisch war, hätte ich ihn jetzt anbeißen können. So verschlafen war er einfach zu süß.

»Beim nächsten Ton ist es sieben Uhr und dreiunddreißig Sekunden, piep«, deklamierte Sepp in elektronischer Sprechweise. »Höchste Zeit für die Schule.«

»Mann, ja!« Ken fuhr sich mit beiden Händen über seine Dreads. »Wenn ich dafür gemacht wäre, morgens lustig aus dem Bett zu springen, würde ich im Toaster schlafen!«

»Oho«, rief Sepp. »Das war ein vollständiger Satz, ich bin beeindruckt!« Ken schnaufte nur und widmete sich seinem Müsli, das meine Mutter für uns alle vorbereitet hatte. Mit jedem Schluck Kaffee, den er dabei zu sich nahm, wurde er ein wenig wacher.

Natürlich hatte ich in der Nacht kaum geschlafen. Zu deutlich spürte ich noch Kens Fuß auf meinen. Zu nah lag er auf der anderen Seite der Wand und viel zu weit weg in seinem Zimmer, das offiziell das Zimmer meines Stiefbruders war. Dieses beknackte Wort. Ich wurde es einfach nicht los. Stiefbruder. Ich war mit meinem Stiefbruder zusammen. Nein! Ich war natürlich nicht mit meinem Stiefbruder zusammen! Ich hatte gar keinen Stiefbruder. Ken war nur zufällig der Sohn vom Freund meiner Mutter, und fertig.

Insgeheim hatte ich ja doch noch mit seinem Besuch gerechnet und war enttäuscht, dass er nicht kam. Ja klar, war das besser so gewesen. Ja klar, hatte ich das gesagt und so gewollt. Trotzdem, so ein kleiner Gutenachtkuss? Hätte der nicht drin sein können nach dem langen Abend?

Dafür hatten nämlich Ally und Wolfgang gesorgt, die auf einmal in der Tür standen. Spontan wie immer.

Ally hatte Wolfgang an jenem Tag abgesagt, als ich ihn im Treppenhaus getroffen hatte, und war dafür heute unangemeldet bei ihm aufgetaucht. Wolfgang schien es ihr jedoch nicht übelzunehmen. Die beiden wirkten genauso glücklich wie in der Türkei. Und ich konnte ihn verstehen. Ally sah toll aus, mit ihrer braunen Haut, dem knallbunten Kopftuch, der ebenso bunten Tunika und der engen Wildlederhose, die ihre schlanke Figur betonte. Ihre blauen Augen strahlten aus tiefdunklen Wimpern, und für einen kurzen Moment sah ich meinen Vater darin. Ob sie schon wusste, dass er sie noch einmal zur Oma machen würde? Ob sie Valerie kannte und sie mochte? Vielleicht mehr als meine Mutter? Doch als ich sah, wie herzlich die beiden miteinander lachten, konnte ich mir das nicht vorstellen. Ally würde meine Mutter und mich nie fallenlassen, nur weil mein Vater noch mal durchstartete. Wir waren Teil ihrer Familie, auch wenn wir uns nicht häufig sahen. Dafür hatte ich eine sehr coole Oma. Eine, die keiner hatte. So eine nicht. Und mit Wolfgang hatte Ally vielleicht wirklich den Richtigen gefunden. Ich merkte, dass ich mir das wünschte, damit sie öfter hier bei uns wäre.

Wolfgang wünschte sich offensichtlich das Gleiche, denn nach dem zweiten Glas Wein schlug er ihr vor, bei ihm einzuziehen. Und was sagte Ally? Natürlich nichts, sie lachte nur. Mit ihrer lauten rauen Lache nahm sie Wolfgang den Wind aus den Segeln. Er würde nie eine Antwort von ihr bekommen auf so eine Frage. Aber er war klug genug, sich damit zufriedenzugeben. Niemand würde meine Oma auf irgendetwas festnageln können. Niemand.

Am Schluss gab sie dann noch eine Kostprobe ihrer hellseherischen Kunst, und ich vergaß, sie zu fragen, ob auch sie Menschen und Namen mit Farben verband. Das, was ich Ally schon so lange fragen wollte.

Wir beide waren die Letzten im Esszimmer gewesen, die anderen standen schon im Flur, um sich zu verabschieden.

»Ihr passt übrigens wundervoll zusammen«, hatte sie mir da zugeflüstert. »Das habe ich schon in der Türkei gesehen.«

Erschrocken hatte ich sie angestarrt. »Woher...«

»Tja«, hatte Ally augenzwinkernd gesagt. »Mit Jungs kenne ich mich eben aus.«

Am nächsten Tag fühlte ich mich genauso müde wie Ken, als wir gemeinsam zur Schule liefen. Merrie war schon vorgegangen, ich hatte auf Ken gewartet, bis er um fünf vor acht dann endlich mal fertig war.

»Ich schreibe euch keine Entschuldigung«, schickte uns meine Mutter hinterher. »Ihr Schnarchnasen.«

»Darfst du auch gar nicht«, grinste Ken. »Du bist nicht meine Mutter.«

Am Hollywood waren wir außer Sichtweite, und Ken nahm meine Hand.

»Was hast du jetzt?«, fragte er.

»Französisch, und du?«

»Drechsler«, schnaubte er. »Das gibt wieder was.«

»Wieso?«

»Weil wir zu spät kommen und er mich absägen will.«

»Kann er doch gar nicht, wenn du einigermaßen gute Arbeiten schreibst.«

»Tue ich ja nicht«, gab Ken zurück. »Und wenn er mich in Chemie und Sport durchfallen lässt, ist Ende.«

»In Sport kann er dich nun wirklich nicht durchfallen lassen.«

»Kann er, wenn er Bodenturnen macht.«

»Er macht was? Bodenturnen?«

Ken nickte. »Flickflack, Radschlagen, Standwaage, alles. Keiner von den Jungs kann das. Er selbst übrigens auch nicht, aber er muss es ja nicht vormachen. Er zeigt uns Videos.«

»Nee, oder? Kannst du nicht ausgleichen? Du bist doch gut in Mathe.«

»Zwei Fünfen kannst du nicht ausgleichen, Kismet. Eine geht, zwei nicht.«

Ich stellte mir Herrn Drechsler als ekliges Geschwurbel vor, braunbeige Würste, die sich wild umeinanderwanden und ineinander verknäuelten wie überdimensionale Würmer. Ohne Kopf, ohne Anfang, ohne Ende. Wie schön wäre es, wenn sie sich in Nichts auflösten, wenn Drechsler sich in Nichts auflösen würde.

Am Schultor trennten wir uns. »Lass dich nicht wieder von Fremden küssen, okay?«

»Okay, nur von denen, die ich kenne, ja?«, grinste ich, und Ken machte die Einen-Kopf-kürzer-Geste.

»Nur von mir, klar?« Er drückte meinen Mund mit einer Hand zusammen und schmatzte einen feuchten Kuss darauf, obwohl andere Schüler an uns vorbeigingen.

»Ihh«, sagte ich und wischte mir über die Lippen.

»Ich geb dir gleich ›Ihh‹!«

»Tschüs«, lächelte ich schelmisch und rannte los, in der Hoffnung, dass Tante Bonnèt sich ebenso verspäten würde. Tat sie aber nicht. Sie war mitten im Unterricht, als ich hereinplatzte. Ich hatte gerade noch genug Zeit, mich hinzusetzen und meine Sachen herauszunehmen, da war ich auch schon mit Vorlesen dran. Es war ein neuer anspruchsvoller Text, von dem ich nichts verstand. Bei jedem zweiten Wort geriet ich ins Stocken. Das wurde nicht besser, als ich bemerkte, dass Lou neben Pepe saß statt neben mir. An ihrer Stelle flüsterte mir Frida die richtige Aussprache ein. Jarush war nicht da, und meine Blicke und Gedanken hefteten sich sofort an Lous und Pepes Fersen. Was war los? Warum saß sie neben ihm? Einfach nur so? Freundschaftlich?

Aus dem Lesen wurde ein unverständliches Haspeln, das Tante Bonnèt mit dem Hinweis unterbrach, dafür würde sie mir eine Fünf eintragen, die ich in der nächsten Woche mit einem anderen Text ausbügeln könnte. Wenn Ken sitzenblieb, käme er in unsere Klasse, wenn ich auch sitzenblieb, hätte ich nichts davon.

So langsam machte ich mir um meine schulischen Leistungen Sorgen. Ich musste mich jetzt echt anstrengen. Vielleicht sollte ich Neos Nachhilfeangebot doch annehmen, zumindest für eine kurze Zeit, um wieder auf Spur zu kommen? Ken musste das verstehen. In Französisch und Englisch war er selbst nicht gut, da konnte er mir nicht helfen. Dafür würde ich ihn bei Mathe fragen. Zufrieden, so schnell eine Lösung gefunden zu haben, schweiften meine Augen wieder zu Lou und Pepe. Während Marius in fehlerfreiem Französisch eine Zusammenfassung des Textes vortrug, saßen sie schweigend nebeneinander, doch ich sah, wie Lou ihn beobachtete. Nein, sie beobachtete ihn nicht, es war mehr ein Nähespüren, ein Näheatmen, was sie da tat. Ich kannte das zu gut, um es nicht zu bemerken. Lou hatte sich in Pepe verliebt. Und das war noch nicht alles.

»Zieh deine Jacke an«, wisperte Frida fürsorglich. »Du hast ja totale Gänsehaut.«

Geistesabwesend nickte ich, tat aber nichts. Die Jacke würde nichts an meiner Gänsehaut ändern. Sie war nur ein Zeichen des Szenarios, das sich gerade unaufhaltsam in mir zusammenbraute. Olivgrüne Wellen brachen sich an orangefarbenen Felsen. Im Zeitraffer schäumten und rauschten sie im blutroten Dunst, der von riesigen bräunlichen Würmern aufgesogen wurde. Ruckartig drehten sich die Würmer ineinander, bis sie alles zu einem dunklen, undefinierbaren Schlammton verschmolzen. Aus der Drehung formten sich Ranken, die nach oben hin ihre Farbe verloren und wie gläserne Pflanzenarme ins Nichts griffen. Es stand etwas bevor. In diesem Moment hätte ich sogar meine liebste Oma Ally verkauft, um zu erfahren, was. Doch bis auf den Betonklotz in meinem Magen offenbarte sich nichts. Gar nichts.

Lou guckte zu mir rüber und lächelte scheu. So als wollte sie sich entschuldigen für etwas, das noch gar nicht geschehen war und mich auch nichts anging. Ich lächelte zurück. Sie war und blieb meine beste Freundin. So oder so. Das düstere Bild und die damit verbundenen Gefühle machten mir viel mehr Sorgen. So sehr, dass ich nach dem Unterricht nicht nach Hause, sondern in die Cafeteria ging. Zu meinem Lieblingsplatz, an dem sonst immer Wasser plätscherte. Heute nicht. Heute war es nur ein alter vertrockneter Baum an einem gemalten See. Der Wasserlauf war abgestellt. Das kleine Becken darunter trocken. Ich hatte mich auf nichts konzentrieren können, den ganzen Tag nicht. Alles wurde von diesem grässlich wabernden Dunst vernebelt. Der Raum war leer, bis auf eine einsame Putzfrau, die mich ansah wie einen Störfaktor, dann aber doch weiter in der Küche klapperte. Irgendwann hörte ich sie nicht mehr, und es wurde ganz still um mich. Als hätte sich meine innere Welt nach außen gestülpt und mich dabei verschluckt. Es war gespenstisch.

Im nächsten Augenblick zuckte ich zusammen, weil die Tür zur Cafeteria aufgestoßen wurde. Lous Tränen liefen mit ihren Füßen um die Wette. Sie stürzte auf mich zu und drückte mich so fest, dass ich merkte, wie sehr ich doch im Hier und Jetzt war.

»Hey, Lou«, flüsterte ich. »Was ist denn los?«

»Ich weiß nicht«, hauchte sie. »Irgendwas Komisches.«

»Allerdings«, sagte ich mehr zu mir selbst. »Irgendwas Kosmisches.«

»Was?«

»Nichts«, winkte ich ab. »Komm, erzähl.«

Wir fielen nebeneinander in die Sitzsäcke, und Lou begann sofort, nervös ihre Finger zu kneten.

»Ich bin so durcheinander, Jannah. Was ist das mit Pepe?«

»Sag du es mir«, antwortete ich. »Du weißt es.«

»Ich hab mich verliebt.«

Ich nickte.

»Was soll ich denn jetzt machen?« Lous Tränen begannen wieder zu laufen. »Ich kann doch nicht ...« Sie stockte. »Das kann ich doch nicht ... nach allem, was passiert ist ... das kann ich doch nicht tun.«

Ich schwieg. Was sollte ich Lou sagen?

Wenn sie sich von Jarush trennte, verlor sie nicht nur ihren Freund, sondern damit auch ihren besten Freund, ihre Sandkastenliebe. Und dann war ja noch nicht einmal klar, ob Pepe überhaupt mit ihr zusammen sein wollte. Vielleicht wollte er ja gar nichts von ihr? Vielleicht hatte er schon eine Freundin zu Hause? Und wenn er wollte? Wenn er mit ihr zusammen sein wollte und in ein paar Wochen nach Brasilien zurückflog? Was war dann mit den beiden? Und mit Lou und Jarush? Wie sollten sie sich dann begegnen? Mir schwirrte der Kopf. Das war alles zu viel.

»Du, ich muss los«, sagte ich. »Willst du mit zu mir?«

»Nein«, sagte sie. »Bin noch ...«

»Verabredet.«

Lou nickte.

»Wird schon irgendwie«, sagte ich, obwohl ich nicht den blassesten Schimmer hatte, wie das werden sollte.

Es war niemand da, als ich nach Hause kam. Auf dem Küchentisch lagen zwei Zettel. Meine Mutter schrieb, dass wir mit dem Abendessen nicht warten sollten, sie träfe sich mit meinem Vater. Der andere war von Merrie, die bei Candice übernachten wollte, und von Ken wusste ich, dass er Fußballtraining hatte. Ich beschloss, den Leerlauf für die Schule zu nutzen, und rief Neo an.

»Ach nee, die Jannah«, lachte er so fröhlich ins Telefon, dass es mir sofort besserging. »Ja klar helfe ich dir. Sag was.«

»Erst mal Französisch.«

»Okay, kein Ding. Wollen wir am Telefon oder ...«

»Könnten wir uns vielleicht treffen? Ist 'ne Menge.«

»Das kriegen wir schon«, sagte er. »Ich komm kurz bei dir rum.«

»Wirklich kein Problem für dich?«, sagte ich zaghaft. Plötzlich packte mich doch das schlechte Gewissen.

»Nein, nein«, lachte er wieder. »Mach ich gern.«

Ich legte auf und fragte mich, ob das richtig war. Was würde Ken sagen, wenn er Neo in unserer Wohnung begegnete?

7
Ein unwiderstehlicher Dachschaden

Sepp freute sich jedenfalls, als er zwei Stunden später nach Hause kam und die Zettel las. »Klasse«, sagte er und rieb sich die Hände. »Dann kann ich endlich mal in Ruhe Fußball gucken.« Er sah zwischen Neo und mir hin und her. »Wollt ihr nicht ins Kino, oder so?« Ich wurde rot. Auch Neo hatte mehr Farbe als sonst im Gesicht. Verlegen schüttelte er den Kopf. »Kann leider nicht.«

»Er muss sowieso gleich los«, sagte ich. »Und ich gehe in mein Zimmer, dann hast du deine Ruhe.«

»Das ist nicht das Gleiche«, erklärte Sepp. »Ich wär auch gern mal ganz allein in der Wohnung. Dann beschwert sich wenigstens keiner, wenn ich ein bisschen mitgehe.« Das war maßlos untertrieben. Sepp schrie nicht nur wie ein Trainer am Spielfeldrand, er trat auch bei entscheidenden Stößen kräftig mit. Deshalb wollte auch niemand neben ihm sitzen, wenn es Fußball gab.

»Aber Ken ist nachher auch da«, sagte ich. »Ganz allein bist du sowieso nicht.«

»Doch. Er fährt nach dem Training zu Rouven.« Rouven. Immer wieder Rouven. Warum kam er nicht einfach nach Hause? Zu mir? Weil er's einfach nicht machte, darum!

Neo steckte Block und Stifte ein, ging hinüber in den Flur und zog seine Schuhe an.

»Das war nett von dir«, sagte ich sachlicher als gewollt. »Danke.«

»Keine Ursache.« Neo verharrte kurz in der Tür und sah auf mich herab. »Hat Spaß gemacht.«

»Ja«, sagte ich. »Und echt was gebracht.«

»Na, hoffentlich«, grinste er, und seine Bernsteinaugen leuchteten. Warum stand ich eigentlich nicht auf liebe Jungs? Weil sie lieb waren, darum! Bescheuerte Jannah-Logik, bescheuerte!

»Schönes Wochenende euch«, sagte Neo und ging. Planlos lief ich danach in meinem Zimmer herum. Was würde ich heute Abend machen? Stinklangweilig hier.

Sepp hatte es sich auf dem Sofa bequem gemacht. Ich hörte, wie er am Telefon zwei Pizzen bestellte. Miste. Und ich? Keiner kümmerte sich um mich. Ich könnte *Fluch der Karibik*, Teil siebenundzwanzigdreiviertel gucken. Ich könnte Lou anrufen. Ich könnte … so was Blödes, nicht mal Merrie war da. Unglaublich.

Ich trat wieder hinaus in den Flur. Die Flügeltüren zum Wohnzimmer standen offen. Das Spiel war bereits in vollem Gang, und Sepp wusste natürlich sofort, dass das Abseits gewesen war. »Möönsch Schiri, das sieht doch'n Blinder mit Krückstock!«

Ich verdrehte die Augen. Gab es Unwichtigeres als Fußball?

Sepp nahm von mir keine Notiz, und obwohl mich das ärgerte, kam es mir doch sehr gelegen, als ich einer spontanen Eingebung folgte und in Merries Zimmer spähte.

»Jetzt geh doch rein da!«, schrie Sepp und schlug sich auf die Schenkel. »Das gibt's doch nicht!«

»Okay«, wisperte ich grinsend, schlüpfte durch die Tür und schaltete das Licht an. Es roch nach Merrie. Tiefrot. Was wollte ich hier eigentlich? Normalerweise mied ich ihr Zimmer, wo es nur ging, und jetzt stand ich mittendrin. Der ganze Raum verströmte ihre Farbe. Bis auf eine kleine Lücke an ihrem Bett, durch das ein zartes Blau schimmerte. Lag das nur an der himmelblauen Bettwäsche?

Merrie hatte geschrieben, dass sie bei Candice übernachten würde, aber ich hatte plötzlich das Gefühl, dass da was nicht stimmte. Neugierig sah ich mich um. Im Papierkorb steckten zerknüllte Zettel und ein Wattebausch mit pinken Nagellackflecken. Mit spitzen Fingern zog ich zwei Blätter heraus, doch es waren nur Reste von Hausaufgaben. Ihr Bett war auffallend ordentlich. Das Kissen aufgeschüttelt, die Decke sauber aufeinandergelegt. Ob sie hier etwas verbarg? Vorsichtig hob ich das Kissen an, darunter lag ein kleines schlabbriges Stofftier. Ein Löwe. Ich nahm ihn in die Hand und lächelte, als ich das Lederband sah, das er um den Hals trug. *Levent* stand da drauf. Ich legte ihn zurück und ließ meinen Blick erneut durchs Zimmer schweifen. An Merries Bücherregal blieb ich hängen. Ein Stadtführer von Hamburg stand etwas vor. Ich wusste gar nicht, dass Merrie Hamburgfan war. Ich schlug ihn auf, und ein Umschlag fiel heraus. Es war ein Bahnticket. Zumindest musste eins drin gewesen sein, denn ich hob nur die Hülle auf. An den Rand hatte jemand etwas geschrieben, und ich pfiff lautlos durch die Zähne. Merrie hatte gelogen. Sie war nicht bei Candice. *For my sweetheart Merrie*, stand da. *Expecting you soon, Love Levent.* Mit dem Datum von vorgestern.

Beim Weiterblättern stellte ich fest, dass der Stadtplan fehlte. Hamburg also. Merrie war mit Levent in Hamburg. Wieso war er in Deutschland? Und wieso in Hamburg? Schade, dass Merrie kein Tagebuch schrieb. Nun war ich erst recht neugierig. Ich grübelte, ob Levent im Urlaub irgendetwas über Hamburg gesagt hatte, doch mir fiel nichts ein. Das Einzige, was mir einfiel, war, dass Merrie über Nacht wegbleiben würde. Holla, mit Levent über Nacht in Hamburg!

Es klingelte an der Tür. Hastig stellte ich das Buch wieder an die gleiche Stelle und schlüpfte hinaus. Sepp hatte nichts gehört, weil der Fernseher so laut war. Es klingelte wieder.

»Sepp«, rief ich. »Pizza!«

»Oh, äh ... kannst du mal, Jannah?« Sepp fingerte einen Schein aus seiner Hosentasche und hielt ihn mir hin, ohne mich anzusehen. »Ich ... kann grad nicht.«

»Doch praktisch, dass ich da bin, was?«, brummte ich.

Der Pizzabote trommelte jetzt ungeduldig an die Tür.

»Meine Güte«, maulte er und reichte mir die Schachtel. »Wollt ihr die Pizza oder nicht?«

Dafür ließ ich mir das Rausgeld bis auf den letzten Cent zurückzahlen. Trinkgeld gab's nur für Freundlichkeit.

Polternd und mit deutlich schlechterer Laune verschwand der Bote. Ich brachte die Pizzen ins Wohnzimmer, sie waren schon vorgeschnitten.

»Kann ich ein Stück?«, fragte ich.

»Ja klar, nimm dir«, antwortete Sepp, und ich verschwand mit einem großen Dreieck in meinem Zimmer. Kauend überlegte ich, was ich nun mit meinem Wissen anfangen würde. Genau betrachtet, konnte ich damit gar nichts anfangen. Ich wusste etwas über Merrie, das sie unseren Eltern nicht gesagt hatte, und sie wusste etwas über mich und Ken, das ich ihnen nicht gesagt hatte. Patt.

Irgendwie freute ich mich aber doch, dass sie mich nicht mehr so ausschließlich in der Hand hatte. Die Zeitbombe war entschärft.

Dafür explodierte am späten Abend eine andere. Bei einer miserablen DVD war ich auf meinem Bett eingeschlafen. Angezogen und ohne mich abzuschminken. Ich schreckte hoch, als jemand grob an meinem Arm rüttelte. Ins grelle Licht blinzelnd versuchte ich zu erkennen, wer es war, doch das besorgte er schon selbst.

»Was spielst du für Spielchen, Kismet?«, schnauzte Ken mich an. »Was soll das?«

»Hä?«, murmelte ich verwirrt. »Was ist denn los?« Er machte mir ein bisschen Angst. Seine Augenbrauen waren wieder so zornig zusammengekniffen wie damals, so dass sie zwei breite Wülste über seinen pechschwarzen Augen bildeten. Afrikaner konnten wirklich gefährlich aussehen, wenn sie sauer waren. Und Ken war richtig sauer.

»Das weißt du ganz genau!«, bellte er. »Tu bloß nicht so!«

Doch damit weckte er auch meine südländischen Gene. Die Türken waren schließlich mal ein kriegerisches Reitervolk gewesen und ich in einem früheren Leben bestimmt eine besonders rebellische Bogenschützin. Amazone oder so.

»Mach mich hier gefälligst nicht so an!«, schoss ich zurück und richtete mich auf. »Das steht dir nicht zu.« Ich würde mich von Ken nicht einschüchtern lassen. Die Zeiten waren vorbei. Und Ken merkte es.

»Und was soll das dann mit deinem Freund?«

»Meinem Freund?« Ich wusste erst nicht, von wem er sprach. »Welcher Freund?«

»Na, dieser Vogel aus unserer Schule, der heute hier war!«

»Dieser *Vogel* heißt Neo«, fuhr ich Ken an. »Er hat mir freundlicherweise bei Französisch geholfen, weil ich es sonst nicht packe und sitzenbleibe!« Das war vielleicht etwas dick aufgetragen, aber ich brauchte jetzt einen starken Hebel.

»Und wieso sagt Sepp dann, dass dein Freund hier war?«, fragte Ken eine Spur milder. »Das sagt er doch nicht ohne Grund.«

»Woher soll ich das wissen?«, fauchte ich. »Ich habe deinem Vater jedenfalls keinen Anlass gegeben zu glauben, dass ich was mit Neo hätte. Wir haben uns weder angefasst noch geküsst, falls du das meinst.« Mein Puls kam nun richtig in Fahrt. Ich kochte. »Es ist nicht mein Problem, dass du bei jedem Furz zum Sizilianer wirst, Ken! Definitiv nicht! Ich muss mich nicht rechtfertigen, nur weil Neo mir geholfen hat. Daran war nichts Heimliches, wir haben sogar ganz offen in der Küche gelernt, weil da mehr Platz ist, und wenn du nicht wieder mit Rouven rumgemacht hättest, sondern einfach mal nach Hause gekommen wärst, hättest du das auch gesehen!«

So. Aufgebracht kreuzte ich die Arme vor der Brust und blitzte Ken an. Was fiel dem eigentlich ein?

»Ich mache nicht mit Rouven rum«, grinste Ken plötzlich. Er schien sich beruhigt zu haben. Ganz im Gegensatz zu mir.

»Ist mir so was von egal, was du mit dem Vollidioten machst!«, grantelte ich mit einer leisen Freude darüber, dass ich Ken endlich mal die Meinung gesagt hatte und er eingeknickt war. »Ich kann den nicht ab.«

»Er dich auch nicht«, schmunzelte Ken.

»Das geht mir sonst wo vorbei.«

»Denk ich mir.«

»Außerdem ist Neo immer noch mit May zusammen«, sagte ich. »Er will überhaupt nichts von mir.« Nicht mehr, dachte ich und fand das gerade jetzt ehrlich schade. Mit Neo hätte ich nie so einen Stress bekommen. Aber in Neo hätte ich mich auch nie so verliebt.

»Weißt du was?« Ken zog mich an sich und schnüffelte wie so oft an meinem Hals entlang unter meine Haare. »Ich mag das, wenn du so wild wirst. Hat was.«

»Hmm«, machte ich unwillig und versuchte, ihn wegzuschieben, denn eigentlich war ich ja böse auf ihn, doch er hielt mich fest und begann, an meinem Ohr zärtlichen Unsinn zu flüstern, so dass ich zwischen Lachsalve und Ärger schwankte.

»Ken«, quiekte ich atemlos. »Lass mich, das kitzelt!«

»Schsch.« Ken hielt den Finger an den Mund. »Willst du, dass Sepp uns noch gute Nacht sagt?«

Ich verstummte sofort und lauschte nach draußen. Doch es war alles ruhig.

»Wo ist er?«, fragte ich. »Schläft er schon?«

»Nein«, sagte Ken. »Putzt sich die Zähne, glaube ich.«

»Und meine Mutter?«

»Ist sie nicht da?«, fragte Ken. »Ich dachte, sie ist schon längst im Bett.«

»Weiß nicht. Sie war heute mit meinem Vater verabredet, und vorhin war sie noch nicht zurück.«

»Mit deinem Vater? Warum?«

»Wegen des Babys«, sagte ich. »Er wollte, dass sie es von ihm selbst erfährt.«

»Übertrieben«, schnaufte Ken. »Ist doch wohl egal, wer es ihr sagt.«

Ich wollte gerade etwas erwidern, als die Wohnungstür klackte.

»Wenn man vom Teufel spricht«, wisperte ich und sah auf meine Uhr. »Was? Schon zwei Uhr?«

»Oh, oh«, flüsterte Ken. »Jetzt bin ich ja mal gespannt, ob mein Vater weiß, wie der *Sizilianer* geht ...«

»Nicht jeder hat so einen Schaden wie du, Ken«, sagte ich leise, und er biss mir kräftig in die Schulter, von der mein Shirt gerutscht war.

»Aua, spinnst du?«

»Es muss ein bisschen weh tun«, grinste Ken und küsste die Stelle, in die er seine Zähne gegraben hatte. »Das ist in der Liebe einfach so.«

»So einen Mist habe ich ja noch nie gehört. Wo hast du das denn her?«

»Erfahrungswerte«, schmunzelte Ken. »Es wird Zeit, dass dir mal jemand zeigt, wo es langgeht.«

Empört schnappte ich nach Luft, doch Ken drückte mich mit einem Kuss zurück in die Waagerechte. Er lag halb auf mir, so dass ich mich kaum rühren konnte.

»Jannah?« Meine Mutter klopfte an die Tür. »Bist du etwa noch wach?«

Hektisch sah ich mich im Raum um. Ken musste sich verstecken, sofort. Wenn sie jetzt reinkam, war alles zu spät. Doch Ken blieb, wo er war, und sagte lässig: »Suzan, bitte nicht reinkommen, Jannah zeigt mir grade eine Überraschung fürs Baby.«

»Oh, Ken, du bist da«, sagte meine Mutter, und ich hörte die Verunsicherung in ihrer Stimme. »Tja, dann will ich nicht stören. Aber macht mal Schluss, es ist schon spät.«

»Okay, machen wir«, sagte Ken, legte sich in aller Seelenruhe neben mich und zwinkerte mir zu. »Gesehen? So geht das.«

Ich stieß ihn an. »Du findest dich unwiderstehlich, oder?«

»Ja klar, du etwa nicht?«

»Das überlege ich mir noch.« Ich rückte ein Stück von ihm ab. »Was ist jetzt eigentlich mit deinem Geburtstag?«

»Ach so«, sagte Ken. »Hab ich dir noch gar nicht erzählt. Sepp spendiert eine Schiffsparty, cool, oder?«

»Wirklich?«, staunte ich. »Das ist echt cool. Und wen lädst du ein?«

»Ein paar aus meiner Klasse, die halbe Mannschaft aus dem Verein, ein paar Mädels und dann noch Agostino, Damian und Rouven.« Ken grinste schelmisch, als er meinen angeekelten Blick sah. »Ihr könnt euch ja aus dem Weg gehen.«

»Genau, weil man sich auf einem Schiff auch so super aus dem Weg gehen kann!«

»Vielleicht seid ihr ja danach die besten Freunde?« Er schielte mich von der Seite an. »Wenn ihr euch erst mal kennenlernt, könnte doch sein.«

»Aber sicher«, grunzte ich. »Ich glaub auch an den Nikolaus.«

Mittlerweile war es halb drei geworden, und ich merkte, wie müde ich war. »Komm, lass uns Schluss machen, ich kann nicht mehr.«

»Du willst mich also loswerden, Kismet?«

»Ja, Sander«, lächelte ich. »Genau das will ich jetzt.«

»Kann ich nicht hierbleiben?« Ken rückte wieder an mich heran. »Ich mach auch nichts.« Er hob zwei Finger. »Isch schwör, Alterlan!«

»Du hast echt einen Dachschaden, Ken«, lachte ich. »Wie soll das denn bitte gehen? Morgen spazieren wir beide fröhlich aus meinem Zimmer, oder was?«

»Zumindest habe ich einen sehr gut funktionierenden Dachschaden«, grinste Ken. »Bisher hat es mit euch Chicas immer gut geklappt.«

»Komisch«, sagte ich. »Bei Inés hatte ich einen

ganz anderen Eindruck.« Obwohl ich mir geschworen hatte, ihren Namen Ken gegenüber nie zu erwähnen, konnte ich mir diese Bosheit nicht verkneifen.

»Da bist du nicht ganz auf dem Laufenden«, gab Ken zurück und zog einen Zettel aus der Hosentasche. »Guck mal, was sie mir heute gegeben hat.«

Widerwillig sah ich hin. Da stand ihre Handynummer in einem roten Herz.

8
Die Treue ist ein hartes Zeug

Das Sonntagsfrühstück begann mit der üblen Laune meiner Mutter. Ein rohes Ei war ihr aus der Hand gerutscht, und obwohl sie zigmal aufgewischt hatte, klebte die Stelle. Zunächst dachte ich, das wäre der Grund für ihre Gereiztheit.

Doch als ich sie fragte, wie denn der Abend mit meinem Vater gewesen sei, Sepp war Brötchen holen und Ken noch im Bad, standen ihr plötzlich Tränen in den Augen. Da wusste ich, was los war.

Natürlich hatte ich damit gerechnet, dass es meiner Mutter nicht gefallen würde, wenn mein Vater mit einer anderen Frau noch ein Kind bekam, zumal sie sich das damals sehr gewünscht hatte. Sie war sehr verletzt, weil er nicht wollte. Doch das wirkliche Ausmaß hatte ich wohl unterschätzt.

Obwohl sich meine Mutter zusammenriss, wurde es mit Sepp und Ken extrem ungemütlich am Tisch. Keiner sagte was. Meine Mutter saß mit leerem Blick vor ihrem übervollen Kaffeebecher, Ken stierte in sein Handy, und Sepp versteckte sich hinter seiner Zeitung. Die beiden konnten die Spannung noch weniger verstehen als ich und schoben es sicher auf ihre Schwangerschaft.

Ein Brötchenkrümel verirrte sich in meine Luftröhre, und ich hustete heftig. Ken sah mich fragend an, doch ich bekam kaum Luft, so dass nur meine Nasenflügel bebten. Abrupt sprang ich auf und stieß mir dabei den kleinen Zeh am Tischbein. Es tat so weh, dass ich sofort an Aschenputtels böse Stiefschwester dachte, die sich den Zeh abhackt, um in den Schuh zu passen. Ich verbiss mir den Schmerz und ging zwar nicht hinaus zum Königssohn, der saß ja hier, sondern verschwand immer noch hustend im Badezimmer. Ich setzte mich auf den Wannenrand und zog leise schimpfend meine Socke aus. Es war der gleiche Zeh, den ich mir schon einmal gestaucht hatte, so dass ich nicht an unserer Tanzaufführung teilnehmen konnte. Doch diesmal war es nicht so schlimm. Lou hätte jetzt wieder von meiner Brille angefangen. Am liebsten hätte ich sie angerufen und mich ausgiebig über meine egoistische Mutter beschwert, doch bei Lou war auch so viel Kuddelmuddel. Konnte denn keiner mit dem zufrieden sein, was er gerade hatte? Mussten die ständig nach anderen schielen? Oder ihren Exmännern hinterherheulen?

Plötzlich wusste ich, wen ich anrufen würde. Ich lief in mein Zimmer und griff nach dem Handy.

Noch bevor sie drangig, sah ich die rote Fläche vor mir. Wie ein Bild an der Wand. Allys Rot war nicht vergleichbar mit Merries glühendem, feurigem Ton. Es war satt und leuchtend, dabei aber dunkler und kantiger.

»Jannah«, rief Ally erstaunt. »Ist was passiert?«

»Nein«, sagte ich. »Aber ich bräuchte mal deinen Rat.«

»Ist es wegen Ken?«

»Nein ... na ja auch, aber nicht nur.«

»Wollen wir eine Runde durch den Wald drehen?«

»Bist du bei Wolfgang?«, fragte ich.

»Ja«, sagte Ally. »Gib mir zehn Minuten, ja? Ich klingele bei euch.«

»Ich dachte, du hilfst mir beim Planen«, sagte Ken, als ich kurz darauf in die Küche guckte und mich mit dem Hinweis verabschiedete, dass ich mich mit Ally träfe.

»Warum sollte Jannah dir helfen?« Meine Mutter musterte Ken aufmerksam. »Geht sie denn auf deine Party? Davon weiß ich noch gar nichts.«

»Anne«, stöhnte ich ungeduldig. »Kann ich jetzt vielleicht mal los? Ally wartet unten.« Meine Mutter reagierte nicht, sondern sah weiterhin Ken an, und ich traute mich nicht, einfach zu gehen.

»Ach, die Mädchen dürfen ruhig mit«, grinste er großzügig über meine Grimasse hinweg. »Damit sie auch mal rauskommen.«

»Das gefällt mir nicht«, entgegnete meine Mutter. »Ganz ehrlich, schließlich wirst du 17, da wird ja nicht nur Brause getrunken, oder?«

»Will ich nicht hoffen«, sagte Ken und fing sich damit erst recht einen misstrauischen Blick meiner Mutter ein.

»War doch nur Spaß«, versuchte er, sie zu beruhigen, doch es gelang ihm nicht. Meine Mutter war alarmiert.

»Ken«, mahnte Sepp und legte die Zeitung weg. »Auf dieser Party wird es kein hartes Zeug geben, nur dass das klar ist. Ein bisschen Bier und Sekt ist in Ordnung, so wie wir es besprochen haben, aber alles andere steht für euch auf dem Index, klar? Ich will keine Ausfälle, keinen Notarzt oder Ähnliches.«

»Schon klar«, lächelte Ken verständnisvoll.

»Und gerade weil auch ein paar Jüngere dabei sind, geht das nicht.« Ken nickte, und ich hätte gern gewusst, was in seinem Kopf vorging.

»Was ist mit Merrie?« Meine Mutter wandte sich an Sepp. »Lässt du sie hingehen?«

»Darüber habe ich noch nicht nachgedacht«, gab Sepp zu.

»Musst du das nicht auch mit Andra klären?« Es war das erste Mal, dass ich meine Mutter den Namen seiner Exfrau aussprechen hörte.

»Nein«, sagte Sepp knapp. »Wenn Merrie bei uns ist, entscheide ich das.«

»Meine Mutter würde es sowieso nicht erlauben«, sagte Ken. »Brauchst gar nicht fragen, sie hat ohnehin ständig Angst um Merrie, weil sie oft angequatscht wird.«

»Also«, setzte ich wieder an, als es klingelte. »Ich geh dann mal.«

»Von mir aus«, sagte meine Mutter. »Aber über die Party sprechen wir noch. Ich bin mir nicht sicher, ob das so gut ist.«

Wenn ich an den blöden Herzzettel von Inés dachte, war ich mir da auch nicht sicher. Aber Ken würde es ja wohl nicht wagen, sie einzuladen, oder? Das traute ich ihm nicht zu. Mit flauem Gefühl sprang ich die Treppen runter, öffnete die Haustür und freute mich, meine Oma zu sehen.

»Hey«, lachte sie. »Da bist du ja.« Ich nickte.

»Entschuldige, aber ich wollte nicht reinkommen«, setzte Ally hinzu. »Mir war nicht danach.«

»Macht nichts«, lächelte ich. »Habe ich dich vorhin eigentlich geweckt? War doch ziemlich früh, ist mir nachher aufgefallen.«

»Ach was«, widersprach Ally. »Die senile Bettflucht treibt mich in aller Herrgottsfrühe aus dem Bett. Ich hatte schon den dritten Kaffee weg.«

Ich lachte. »Du bist ja wohl nicht senil!«

»Och«, machte Ally. »Manchmal komme ich mir schon so vor, wenn ich beim Einkaufen wieder die Hälfte vergesse oder nicht mehr weiß, ob ich das Bügeleisen oder den Backofen ausgestellt habe.« Sie zwinkerte mir zu. »Nicht, dass ich viel backen und bügeln würde.«

»Trotzdem, gegen Sepp bist du bestimmt ein Gedächtnisgenie«, sagte ich. »Der würde sogar seinen Kopf vergessen, wenn er nicht angewachsen wäre.«

Wir nahmen den gleichen Weg in die Eilenriede, den ich auch mit Ken gegangen war, und als Ally von ihrem neuesten Plan erzählte, sperrte ich den Mund auf.

»Nein!«, staunte ich. »Du? Habe ich gerade richtig gehört?«

»Na ja«, schmunzelte Ally. »Ich will es zumindest mal versuchen, vielleicht klappt's ja?«

»Du und Wolfgang in einer Wohnung«, sinnierte ich. »Da bin ich ja mal gespannt, wie lange du das aushältst. Oder nein«, korrigierte ich mich. »Ob du überhaupt einziehst. Du lässt doch den Möbelwagen in letzter Sekunde kehrtmachen.«

»Kann sein«, lachte Ally. »So richtig vorstellen kann ich mir das auch noch nicht, aber ich habe mal wieder Lust auf eine größere Veränderung, und diese lange Hin-und-her-Fahrerei geht mir auf den Geist. Außerdem gefallen mir euer Haus und Wolfgangs Wohnung.«

»Und wie macht ihr das dann? Klassisch mit Wohnzimmer, Schlafzimmer und so oder mein Zimmer, dein Zimmer?«

»Ganz klar, mein Zimmer«, nickte Ally. »Und Wolfgang ist das sehr recht. Er braucht auch seinen Freiraum.«

»Ich schmeiß mich weg«, lachte ich. »Meine Oma zieht mit einem Mann zusammen!«

»Da kannst du mal sehen«, fiel Ally ein. »Ich bin immer noch offen für Neues.«

»O ja, das bist du«, bestätigte ich. »Das bist du wie niemand anderes, den ich kenne.«

»Danke für das Kompliment«, lächelte Ally. »Aber jetzt erzähl mal von dir, was ist los?«

Wir bogen in einen Trampelpfad ein, der zu einer kleinen Lichtung führte. In den vergangenen Tagen hatte es häufig geregnet, und jeder Strauch, jeder Baum, ja sogar der Waldboden mit seinen dicken Moospolstern strotzte nur so vor sattem Grün. Wir setzten uns auf eine Bank in die Sonne, und anfangs scheute ich mich doch ein wenig, meiner Oma von all den brisanten Dingen zu erzählen, die gerade im Gang waren. Lou bot sich als Einstieg an.

»Sie ist deine beste Freundin?«, fragte Ally, nachdem ich berichtet hatte.

»Ja.«

»Nicht leicht.« Nachdenklich neigte Ally den Kopf. »Und sie ist wirklich schon so lange mit diesem Jarush zusammen?«

Ich nickte.

»Willst du eine ehrliche Meinung oder eine vernünftige?«

»Ehrlich«, sagte ich.

»Gut.« Ally hielt ihr Gesicht in die Sonne und schwieg einen Moment. »Ich denke, Lou sollte sich von Jarush trennen.«

Ich schluckte. »Warum?« Obwohl es mich nicht betraf, machte mich ihre Antwort nervös.

»Weil sich ihr Herz nach jemand anderem sehnt, und ich würde ihr raten, das nicht zu ignorieren.«

»Meinst du?«

»Eine Garantie gibt es nie, Jannah«, sagte Ally. »Für nichts. Wenn sie sich verliebt hat, heißt das, dass ihr bei Jarush irgendetwas fehlt, das sie nun bei Pepe spürt.«

»Aber«, entgegnete ich, »was ist denn, wenn Pepe sie gar nicht will oder wenn sie mit ihm zusammenkommt und er in zwei Monaten wieder nach Brasilien fliegt?«

»Der Liebe ist das egal«, sagte Ally. »Es gibt die verrücktesten Liebesgeschichten, die große Entfernungen überstehen, obwohl ihnen niemand eine Chance gegeben hat. Lou sollte auf ihr Herz hören, dann gibt es auch einen Weg. Und wenn Pepe sie nicht will, wird Lou das sehr bald merken.«

»Und wenn das falsch ist? Wenn Pepe nicht der Richtige ist? Wenn sie danach merkt, dass sie Jarush liebt und er dann für immer weg ist?«

»Es gibt aus meiner Sicht kein Richtig und kein Falsch«, sagte Ally. »Es gibt nur wichtige Erfahrungen, und Lou scheint diese gerade zu brauchen. Was daraus wird, sieht man erst später, aber es hat immer einen Sinn, davon bin ich überzeugt. Nichts passiert einfach nur so.«

»Hmm«, machte ich. »Und wenn Jarush der Richtige für sie ist?«

»Dann werden sich die beiden auch nicht verlieren. Oder besser gesagt: Dann werden sie wieder zueinanderfinden.«

»Meinst du?«

Ally nickte wieder.

»Und was wäre dein vernünftiger Rat gewesen?«, fragte ich.

»Lou bleibt mit Jarush zusammen und schlägt sich Pepe ganz schnell aus dem Kopf«, antworte Ally. »Pepe fliegt zurück, Klappe zu, Affe tot.«

»Das geht doch gar nicht«, entfuhr es mir.

»Eben«, lachte Ally. »Ganz meine Meinung. Bei mir hat es jedenfalls nie funktioniert.«

»Kann ich mir denken«, lachte auch ich und sah meine Oma interessiert an. »Darf ich dich mal was fragen?«

»Natürlich«, lächelte Ally. »Nur zu.«

»Als du noch mit Opa und Papa zusammengelebt hast«, begann ich vorsichtig, »hattest du da … ähm … hattest du …«

»Einen anderen Mann?«, vollendete Ally, und ich nickte. »Ja, hatte ich.«

Seltsamerweise überraschte mich das nicht. Es passte zu ihr, und irgendwie hatte ich es erwartet. Trotzdem guckte ich wohl komisch, denn Ally begann sofort wieder zu lachen.

»Jannah, entschuldige«, sagte sie. »Vielleicht sollten wir das Thema nicht miteinander besprechen?«

»Doch«, sagte ich. »Das ist wichtig, ich muss das jetzt wissen.«

»Oh, na gut«, erwiderte Ally überrascht. »Dann hör zu. Also, dein Opa Fritz war meine Jugendliebe. Wirklich!«, versicherte sie, als sie meinen skeptischen Blick sah. »Du kannst es mir glauben. Nur seinetwegen habe ich überhaupt ein Kind bekommen. Eigentlich wollte ich nämlich nie welche.«

»Wie Papa«, murmelte ich, doch Ally ging nicht darauf ein.

»Also Fritz war ein toller Mann«, fuhr sie fort. »Doch als Gero auf die Welt kam, veränderte sich plötzlich alles. Und ich meine wirklich alles. Sämtliche Befürchtungen, die ich vorher gehabt hatte, wurden Wirklichkeit. Wir entfernten uns voneinander, sprachen nur noch über volle Windeln, Babygeschrei und seine Arbeit, denn ich hatte natürlich, wie es damals üblich war, meinen Beruf aufgegeben und war zu Hause bei Gero geblieben. Doch das war nicht sehr pfiffig, weil ich nämlich sehr schnell sehr unglücklich wurde. Ich fühlte mich eingeengt und regelrecht vom Leben abgeschnitten. Ein paar Jahre hielt ich es durch, weil das von mir erwartet wurde und weil es alle Frauen machten. Außerdem hatte ich ein extrem schlechtes Gewissen deinem Vater gegenüber.«

»Aber dann bist du doch ausgebrochen«, sagte ich.

»Ja«, bestätigte Ally. »Irgendwann ging es nicht mehr. Fritz und ich hatten uns in sinnlosen Streitereien aufgerieben, obwohl wir uns immer noch mochten, aber die große Liebe war unter dem Vater-Mutter-Kind-Theater verschüttet. Es entsprach mir einfach nicht. Ich war nie eine gute Mutter, ich konnte das einfach nicht so wie die anderen. Und ich bin auch nie die treusorgende Ehefrau gewesen.« Sie zwinkerte mir zu. »Treue wird sowieso überbewertet, wenn du mich fragst, die macht sich an ganz anderen Dingen fest ... na ja, jedenfalls stand Ray eines Tages im Supermarkt neben mir. Amerikaner, Harleyfahrer, wahnsinnig schöner Mann. Es hat mich auf den ersten Blick erwischt.«

Ally lächelte in der Erinnerung an ihr Erlebnis. »Dann hat es nicht lange gedauert, und ich bin ihm in die Staaten gefolgt.« Meine Oma seufzte. »Tja ...«

»Du hast dich auf den ersten Blick verliebt?«, flüsterte ich atemlos. Ich musste an eine ganz bestimmte Szene denken.

»Zuerst war es nur sein Duft«, sagte Ally. »Er hat unglaublich gut gerochen.« Wie bei mir, dachte ich. Genauso wie bei mir, als Ken das erste Mal in der Cafeteria vor mir stand.

»Ich weiß, das klingt kitschig«, fuhr Ally fort. »Aber als wir uns in die Augen geguckt haben, hat es sofort gefunkt. Ich wusste, der ist es!«

»Kenne ich«, sagte ich leise. »Hast du auch eine Farbe für ihn gehabt?«

»Ja!« Überrascht sah Ally mich an. »Rostbraun, meine Lieblingsfarbe. Woher weißt du das?«

»Weil ich diese Sache von dir geerbt habe«,

sagte ich und erzählte Ally alles über die Farben, die ständig um mich herum waren, dass fast jeder Name, ja fast schon jedes Wort für mich seine eigene Nuance hatte. Ich sprach über die Töne, die meine Stimmungen, meine Träume und meinen Alltag färbten. Ich erzählte ihr von den Bildern, die in manchen Situationen auftauchten und mir oft zwar rätselhaft vorkamen, aber letztlich immer richtig waren. Und Ally nickte nur mit großen Augen und sagte immer wieder: »Genau! Ja, genau! Das gibt's doch nicht, so wie bei mir!«

Es war verrückt und gleichzeitig eine ungeheure Befreiung. Hier offenbarte sich der erste Mensch, der wusste, wovon ich sprach. Meine Oma kannte nicht nur die starken Gefühle, die diese Gabe mit sich brachte. Sie kannte auch die Verwirrung und Verunsicherung, die von manchen Visionen ausgingen. Als wir in den Magnolienweg zurückkamen, hatte ich mit ihr weder über Ken und mich gesprochen noch über meine Eltern, aber es hatte auch irgendwie seine Dringlichkeit verloren.

Die Eifersucht meiner Mutter war nun wirklich nicht mein Problem. Lous Verliebtheit auch nicht, denn helfen konnte ich ihr ohnehin nicht. Sie würde selbst entscheiden müssen, was sie tat und was nicht. Und das mit meinem Vater und Ken würde ich auch noch irgendwie auf die Reihe kriegen.

9
Kismet läuft nicht weg

Meine frische Zuversicht bekam jedoch einen Dämpfer, denn meine Mutter und Sepp befanden sich in handfestem Streit, kaum, dass ich die Wohnung betreten hatte.

»Warum bist du dann so aufgebracht, Suzan?«, kam Sepps laute Stimme aus der Küche. »Wie kann es dich ärgern, wenn du nichts mehr für ihn empfindest? Wie geht das? Sag's mir!«

»Es hat nichts mit uns zu tun, Basti«, sagte meine Mutter in einem ruhigeren Tonfall. »Gar nichts. Es ist nur ...«

»Was?«, platzte Sepp heraus. »Meinst du, ich bin blöd? Meinst du, ich weiß nicht, was hier läuft?«

»Es läuft doch gar nichts«, sagte meine Mutter, drehte den Kopf und bemerkte erschrocken, dass ich im Flur stand. »O Jannah! Das das ...«

»Tja«, sagte ich. »Ich ähm ... geh dann noch mal ... Brot holen.«

»Nein, du bleibst!«, befahl Sepp. »*Ich* gehe!« Er riss seine Jacke von der Garderobe und stürmte aus der Tür.

Meine Mutter sah verstört und hilflos aus. Sie wusste, dass sie vor mir nichts mehr verbergen konnte. Sie schämte sich, und doch war da etwas in ihren Augen, in ihrer Haltung. Ein feines, zickiges Etwas, das aussah wie »Kann ich nicht auch mal nur an mich denken?« und mich auf unangenehme Weise an mich selbst erinnerte. Neo blitzte auf. Wie viel von meiner Mutter steckte eigentlich in mir?

»Ich mache Kahve«, sagte sie. »Willst du auch?« Wortlos trat ich in die Küche. Meine Mutter füllte unser kleines kupfernes Stielgefäß mit Mokkapulver, Wasser und Zucker und stellte es aufs Ceranfeld.

Was dachte ich über meine Mutter? Verstand ich sie? Würde es mir an ihrer Stelle genauso gehen? Hatte sie das Recht, eifersüchtig zu sein? Schließlich liebte sie Sepp, davon war ich überzeugt. Außerdem war sie doch viel schneller schwanger geworden als Valerie.

»Wo ist Ken?«, fragte ich.

»Sein Trainer hat vorhin angerufen«, antwortete meine Mutter, goss etwas Schaum in die kleinen Tassen und ließ das Gebräu noch einmal aufkochen. »Er springt ein, weil ein Spieler fehlt.«

Der Duft des Mokkas zog mir in die Nase. Ich öffnete den Vorratsschrank und nahm die Kekse heraus, an denen ich neulich vor Ken herumgenestelt hatte. Ein paar davon legte ich in eine Schale. Meine Mutter stellte unsere Tassen dazu und setzte sich.

»Wollen wir reden?«

Meine Schultern zuckten von allein. Ich wusste nicht, ob ich reden wollte. Ob ich wirklich wissen wollte, was zwischen ihr und meinem Vater vorgefallen war und warum. Ihre dunklen Augen flackerten. Sie trug ein enganliegendes Kleid, und an einer Seite ihres Bauches trat eine kleine Wölbung hervor. Croc. Das war bestimmt Crocs Fuß. Im Gesicht meiner Mutter zuckte es kurz.

»Tut's weh?«, fragte ich.

»Nein«, sagte sie. »Nicht wirklich.«

»Hast du jetzt eine Hebamme gefunden?«

»Ja, sie kommt mich in den nächsten Tagen besuchen. Scheint nett zu sein.«

»Und du willst den Kleinen wirklich zu Hause kriegen?«

»Das fragt mich Basti auch ständig!«, fuhr meine Mutter auf. »Ja, ich will ihn hier zu Hause auf die Welt bringen! Ja, ich hab mir das gut überlegt! Ja, ich kenne die Risiken, und die Klinik ist keine zehn Minuten von hier entfernt. Außerdem kann ich Ärzte nicht leiden.«

»Bis auf einen ...« Ich nahm einen Schluck aus der Tasse und verbrannte mich dabei. Beim nächsten Schluck pustete ich erst, aber das taube Gefühl blieb an der Zungenspitze haften.

»Anne, warum nervt dich das mit Papa so?«

Sie sah mich lange an. Ihren Mokka ließ sie unberührt.

»Weil ...«, begann sie und stockte wieder.

»Weil was?«

»Weil es auf einmal sehr weh getan hat«, sagte meine Mutter schließlich. »Uns beiden. Das ist alles.«

»Verstehe ich nicht. Was denn jetzt genau?«

»Na, unsere Trennung. Dein Vater hat immer gesagt, dass er sie nicht wollte, aber ich habe es knallhart durchgezogen, weil ich so verletzt war.«

»Wegen Valerie?«

Meine Mutter nickte und griff nun doch nach dem Mokka.

»Ja«, sagte sie. »Ich konnte es nicht aushalten. Ich wollte ihn nur noch loswerden. Nie mehr wiedersehen.«

»Dann hat er dich zuerst ...«

»Ach, das ist doch jetzt egal, wer was zuerst gemacht hat. Wir haben es beide vermasselt, und das ist uns gestern Abend klargeworden.«

»Dann liebt ihr euch noch?« Die Frage war mir rausgerutscht, bevor ich sie hindern konnte. Das wollte ich gar nicht fragen. Das wollte ich gar nicht wissen. Meine Mutter fixierte ihre leere Tasse. Ihr Blick tauchte ab. Verbarg sich im Schmerz, der aus ihren Augen rollte. Unaufhaltsam jetzt.

»Nein«, sagte sie leise. »Nein, doch ... ja, vielleicht.«

Still beobachtete ich meine Mutter. Sie drehte die Mokkatasse in der Hand und stellte sie dann in alter Gewohnheit verkehrt herum auf die Untertasse. Kaffee drang am Rand hervor.

»Jannah, ich ...«, setzte sie erneut an. »Ich glaube, ich habe es mit Sebastian anfangs etwas überstürzt. Es ging alles zu schnell. Ich hätte mir und uns mehr Zeit geben sollen. Uns allen.«

Ich nickte.

»Doch ich wollte es einfach zu sehr, weißt du? Ich war ungeduldig, ich wollte sofort wieder eine Familie, ein schönes Miteinander. Und vor allem wollte ich einen Mann, der wirklich mich meinte. Einerseits war ich noch sehr verletzt und andererseits schon sehr verliebt. Das ist keine gute Voraussetzung. Das habe ich eingesehen. Aber nun ist es, wie es ist.« Sie schüttelte den Kopf, als könnte sie damit die Verwirrung vertreiben.

»Dein Vater hat sich nicht immer richtig verhalten«, fuhr sie fort. »Trotzdem habe ich ihn geliebt. Vielleicht sogar gerade deshalb.«

»Und was ist mit Sepp?«

»Sebastian und ich, das ist Kismet.«

»Kismet?« Ich krauste die Stirn. War das wieder eine ihrer Übertreibungen?

»Ja«, sagte sie und sah mich lange an. »Kennst du den Satz: Es gibt den einen Menschen auf der Welt, dessen Herz im gleichen Rhythmus schlägt wie dein eigenes? Genauso ist es mit uns.«

»Wieso bist du dir da so sicher?«

»Ich weiß es einfach, weil es schon so verrückt anfing. Es war, als könnte er meine Gedanken lesen und ich seine. Manchmal sagte er Dinge, bevor ich sie aussprach, und umgekehrt. Wir mochten die gleiche Musik, die gleichen Bücher, Filme, alles. Wir waren uns sofort sehr nah.«

Ich hörte meiner Mutter zu, ich wollte, dass sie recht hatte, dass es genauso war, und doch legte jeder Satz einen schweren Brocken auf mein Herz.

»Das war zu der Zeit, als es mit deinem Vater und mir immer schwieriger wurde und wir keine Bereitschaft mehr hatten, etwas für uns zu tun. Also, *ich* hatte sie nicht. Und dann ... war Schluss.« Wieder sah sie mich eindringlich an.

»Jannah, du kannst ganz beruhigt sein. Ich möchte nichts verändern. Ich bin glücklich mit Sebastian und euch Kindern. Mit dem Kleinen hier. Sehr glücklich sogar.« Dabei strich sie über ihren Bauch. »Es ist nur so, dass einem manchmal bewusst wird, dass sich das Leben ständig verändert, dass es nicht wartet, bis du bereit bist oder begriffen hast, was passiert ist, sondern dich einfach mitreißt und dir auch noch viele andere schöne Dinge zeigt, und du sagst: O ja, toll, das möchte ich! Und dann drehst du dich kurz um und siehst, was auf der Strecke geblieben ist, was du dabei verloren hast, und das tut einfach manchmal weh.«

Sie straffte sich und lächelte. »Aber das geht auch vorbei.« Ihre Augen waren noch gerötet, doch sie hatte sich gefangen.

»Na hoffentlich«, sagte ich. Eigentlich wollte ich fragen, ob unser Patchworkexperiment zu scheitern drohte. Ob auch nur der Hauch einer Gefahr bestand, dass sie sich doch wieder meinem Vater zuwandte? Wie würde es mir damit gehen? Was würde ich dann machen? Durchdrehen, dachte ich. Ich würde komplett durchdrehen. Selbst wenn es Ken und mich nicht direkt betraf, merkte ich doch, wie sich in mir ein gewaltiger Widerstand aufbaute. Ich wollte keine weitere Trennung. Ich wollte, dass gefälligst alles so blieb, wie es war! Ich würde das nicht mitmachen! Ich hatte Angst davor.

»Was, wenn er nicht wiederkommt?«, fragte ich.

»Ach nein«, sagte meine Mutter. »Jedes Paar streitet sich mal, oder? Deshalb trennt man sich nicht gleich.«

»Sicher?«

»Ja klar«, nickte sie. »Wir kriegen das hin.«

Als sie meinen immer noch unsicheren Blick sah, wiederholte sie: »Jannah, glaub mir, diesmal laufe ich bestimmt nicht weg.«

Mit einer Kopfbewegung wies ich zu ihrer Tasse. »Guck nach.«

Meine Mutter folgte meinem Blick. »Du meinst ...«

»Ja, guck.«

Zögernd hob sie die Tasse an, ließ den restlichen Kaffee auf die Untertasse tropfen und drehte sie herum. Ein wenig abergläubische Furcht musste doch in ihr gesteckt haben, denn ihre Gesichtszüge entspannten sich deutlich, je länger sie die Linien betrachtete, die den Kaffee durchzogen.

»Alles ist gut«, sagte meine Mutter erleichtert.

»Wenn man dran glaubt«, setzte ich hinzu. Ich wusste, dass man selbst eine Menge tun musste, um die Dinge wieder ins Lot zu bringen.

»Aman Allahım, was für eine Zeit«, seufzte meine Mutter. »Ich glaube, ich lege mich mal ein Stündchen hin.«

»Allerdings«, sagte ich. »Sehr anstrengend.«

»Wieso?«, horchte sie auf. »Was ist mit dir?«

»Nichts, Anne«, winkte ich ab und stand auf.

»Jannah, tut mir leid, dass ich dir das ...« Besorgt sah sie mich an. »Ist wirklich alles in Ordnung?«

»Jaja«, warf ich ihr im Hinausgehen zu. »Ich bin nur mit Ken zusammen.«

Erschöpft legte ich mich aufs Bett. Meine Mutter war mir nicht nachgekommen. Sie hatte sich weder gerührt, noch einen Ton von sich gegeben, und ich hatte mich nicht umgedreht. Ich wollte ihr Gesicht nicht sehen, nicht rätseln, was sie dachte. Es war mir egal. Ich war echt geschafft.

Papier knisterte an meinem Ohr. Als ich den Kopf hob, sah ich, dass Ken mir einen Zettel hinterlassen hatte. Ich klappte ihn auf und lächelte. Er hatte mal wieder eine eklige Vogelspinne kopiert, die ich normalerweise schreiend weggeworfen hätte. Doch diese trug eine mächtige Dior-Sonnenbrille, einen pinkfarbenen Schmollmund und rote Lackstiefel. Acht an der Zahl, kreuz und quer an den haarigen Beinen, als würde sie tanzen. Dicke schwarze Locken hatte Ken um die Brille herumgekritzelt. Und ihr Körper bestand aus einem Riesendekolleté mit Doppel-D-BH. Das Wesen hatte nichts Gruseliges mehr, es sah einfach nur bekloppt aus.

Ich faltete das Papier zusammen und schloss die Augen. Wie machte man es, an nichts zu denken?

Konnte man diesen wimmelnden Ameisenhaufen ruhigstellen? Ich fühlte mich wie die Königin in ihrer Mitte, die eigentlich die Macht über alle hat und doch von dem aufgeregten und lauten Gewusel drumherum gelähmt wird. Ich hatte als Einzige Flügel. Ich konnte den Bau ganz einfach verlassen, wegfliegen und mir ein ruhiges Plätzchen suchen. Was ging mich das alles an? Warum musste ich über meine Mutter, meinen Vater und Sepp nachdenken? Über unsere seltsame Patchworkfamilie, über den kleinen Croc, der noch geschützt in seiner Kapsel saß und nicht wusste, was um ihn herum los war? Warum hatte ich Angst um ihn? Warum machte ich mir Gedanken darüber, ob sich seine Eltern wohl auch trennen würden? Und was hatte ich mit Ally und ihrer Vergangenheit zu tun? Nur weil ich von ihnen abstammte, hieß es ja noch lange nicht, dass ich so war wie sie, oder? Ich konnte mich doch für ganz andere Dinge entscheiden. Ich konnte doch meinen eigenen Weg gehen, oder nicht? Nur, wo ging es lang?

Seufzend setzte ich mich an den Schreibtisch. Vielleicht würden mir die Hausaufgaben jetzt guttun. Für die nächste Woche hatte ich noch einiges zu erledigen. Französisch konnte ich dank Neo abhaken. Ich musste nur noch das Vorlesen üben, um die schlechte Note auszugleichen. Nachdem ich den Text von Tante Bonnèt dreimal laut gelesen hatte, war es mir über. Der Wecker auf meinem Nachttisch zeigte fünf Uhr. Ken war noch nicht zurück, Merrie auch nicht. Ich war gespannt, wann sie kommen und was sie erzählen würde. Hoffentlich musste ich nicht lachen, wenn sie irgendwelche Geschichten von Candice zum Besten gab. Und hoffentlich war dann auch Sepp wieder da. Ich wollte, dass er bald zurückkam. Sollte er sich mit meiner Mutter streiten, so viel er wollte, aber er sollte bitte ganz schnell wiederkommen.

Ich überlegte schon, ihm einfach eine SMS zu schicken, da fiel mir etwas ein. Sepp musste ja sowieso zurückkommen, weil Ken und Merrie die Woche bei uns verbrachten. Er würde die beiden sicher nicht allein lassen, bestimmt nicht. Das beruhigte mich so weit, dass ich die Englischgrammatik angehen konnte. Kurz bevor ich fertig war, kam eine Nachricht.

Merrie schrieb, sie würde erst zwischen sieben und acht am Abend zurück sein und ob ich das ihrem Vater ausrichten könnte. Ich schrieb zurück, warum sie das nicht selbst tat, und Merrie antwortete, das habe sie versucht, doch sein Handy sei ausgeschaltet.

Ich erklärte mich bereit, musste aber leider noch schöne Grüße an Levent hinzufügen. Ich ärgerte mich schon in dem Augenblick, als ich auf Senden drückte, doch da war es natürlich zu spät. Merrie antwortete nicht mehr.

Ich stand auf, stellte mich ans Fenster und sah in den Garten hinab. Der Walnussbaum stand in voller Blüte und verdeckte das Steinbecken mit dem bronzenen Fisch, an dem ich oft saß. Auch die Beete waren nicht mehr kahl wie noch vor einigen Wochen. Zwischen den Tonscherben leuchteten Maiglöckchen und Vergissmeinnicht, auch die Pfingstrosen wurden immer üppiger und öffneten langsam ihre Blüten. Tiffy kam aus dem Nachbargarten zu uns geschlichen. Offensichtlich hatte sie etwas entdeckt. Sie duckte sich ins Gras und setzte ihre Samtpfoten im Zeitlupentempo voreinander, den Blick starr auf die Beute gerichtet. Aufgeregt zuckte ihre Schwanzspitze hin und her. Plötzlich fuhr sie zusammen und drehte sich um. Ken war in den Garten gekommen, und ein Schmetterling flog vor Tiffy auf. Sofort lief sie auf Ken zu und strich um seine Beine. Er beugte sich zu der Katze herunter, nahm sie auf den Arm und kraulte sie unterm Kinn. Das hatte ich bei Ken noch nie gesehen. Ich wusste nicht, dass er Katzen mochte. Ich wusste nicht mal, dass Ken überhaupt Tiere mochte. Tiffy schien es jedenfalls zu genießen. Sie reckte sich Kens Hand entgegen, und ich war sicher, dass sie schnurrte. Sollte ich ihm erzählen, dass Merrie in Hamburg war? Mit Levent?

Kurz darauf hörte ich, wie Ken seine Sporttasche in die Ecke pfefferte und laut »Hallo« rief. Ich lief zur Tür.

»Psst«, machte ich ungeduldig. »Meine Mutter schläft.«

»Ach so«, sagte Ken leise und küsste mich. »Kann ich ja nicht riechen. Wo ist Sepp?«

»Weiß ich nicht«, gab ich zurück. »Komm rein.«

»Okay«, grinste Ken, streifte seine Schuhe ab und schloss die Tür hinter uns.

»Mann, war das ein Scheißspiel!« Ächzend streckte er sich auf meinem Bett aus. »So eine Gurkentruppe! Da spiele ich nie wieder mit, selbst wenn die zu dritt auf dem Platz stehen.«

Ich setzte mich neben ihn. Ken merkte gleich, dass etwas nicht stimmte.

»Was ist mit dir?«

»Bei unseren Eltern gab es Zoff«, sagte ich.

»Warum? Wegen deinem Vater?«

Ich nickte bedrückt. »Sepp ist mitten im Streit gegangen.«

»Oha«, machte Ken. »Und jetzt?«

»Weiß ich auch nicht.«

»Ist denn zwischen denen was gelaufen?«

»Nein«, rief ich entrüstet. »Natürlich nicht!«

Ich würde Ken nicht sagen, was mir meine Mutter gestanden hatte. Wenn ich es schon nicht verstand, wie sollte es ihm damit gehen? Das konnte er nur in den falschen Hals kriegen.

»Vielleicht war Sepp auch nur genervt, weil Suzan sich überhaupt mit ihm getroffen hat.«

»Wahrscheinlich«, sagte ich, und wahrscheinlich war das sogar der Großteil der Wahrheit.

»Würde mir genauso gehen.«

»Geht dir ja genauso«, schmunzelte ich. Kens Gegenwart hob meine Laune merklich. »Selbst wenn ich nur Nachhilfe bei einem anderen nehme.«

»Exakt.«

»Meinst du, die trennen sich?«, fragte ich.

»Quatsch, doch nicht wegen so'm bisschen«, lachte Ken. »Da müsste Suzan schon richtig Mist bauen. Knutschen, Fummeln, Betrügen, mindestens.«

»Meinst du?«

»Klar«, nickte Ken. »Überleg doch mal. Die kriegen schließlich ein Kind. Da schmeißt man nicht gleich alles hin. Mache ich ja auch nicht, obwohl du dich von anderen küssen lässt.« Er grinste verschlagen und wich geschickt aus, als ich ihm einen Hieb versetzen wollte.

»Spinner!«

»Hey, weißt du überhaupt das Beste?« Ken strahlte über das ganze Gesicht.

»Nein, was?«

»Drechsler ist suspendiert worden!« Triumphierend schlug er seine Faust in die andere Hand. »Der Alte ist endlich weg vom Fenster!«

»Echt jetzt?« Ich konnte es kaum glauben. »Warum?«

»Keine Ahnung«, gab Ken zurück. »Ich hab's von Rouven, der hat's von seinem Vater. Irgendein Disziplinarverfahren oder so.«

»Davon hatte er doch schon einige.«

»Ja, aber wahrscheinlich war es eins zuviel. Jetzt ist er dran!«

»Komisch«, sagte ich. »Möchte wissen, was der gemacht hat.«

»Ich nicht«, sagte Ken. »Ist mir total egal. Hauptsache, der ist weg.«

»Ich weine ihm auch nicht nach«, sagte ich. »Aber dass die ihn kurz vor der Pensionierung noch rausschmeißen …«

»Bisher ist er nur vom Dienst suspendiert«, korrigierte Ken. »Und ehrlich, mir reicht das.«

»Stimmt, es ist egal«, sagte ich und tippte ihm auf die Brust. »Danke übrigens für die Spinnentussi.«

»Gut geworden, oder?«, schmunzelte Ken.

»Sehr«, nickte ich. »Abgesehen davon, dass es eine Spinne war.«

»Vor Katzen oder Erdmännchen hast du ja leider keine Angst, sonst hätte ich die genommen.«

»Passt schon«, grinste ich. »Man konnte sie eh kaum erkennen.«

»Das ist Teil der Sander-Therapie«, sagte Ken. »Mal was anderes. Weißt du, wo mein neues weißes Shirt ist, das mit dem V-Neck?«

»Nee«, grinste ich. »Ich klaue dir zwar ab und zu eins, aber nicht die neuen. Frag mal deine Schwester, die trägt sie zum Schlafen.«

»Wie dreist«, schimpfte Ken. »Wieso weiß ich das nicht?«

»Weil du dich nicht mit Wäsche beschäftigst«, mutmaßte ich.

»Merrie nimmt ihre Sachen oft gleich vom Wäscheständer, weil sie Angst hat, ich könnte da rangehen.«

»Bescheuert«, sagte Ken. »Ist sie da?«

Ich schüttelte den Kopf. »Sie kommt später, ist irgendwie hängengeblieben ...«

»Bei dieser Unterbelichteten«, ätzte Ken. »Die ist so doof, wie sie dürr ist.«

»Findest du Candice dürr?« Das war ja sehr interessant.

»Du etwa nicht? Die sieht doch magersüchtig

aus mit den ganzen Knochen, die da überall rausgucken. Voll hässlich.«

Wenn er Candice zu dürr fand, musste er Inés auch zu dürr finden. Sie hatten in etwa die gleiche Figur, und innerlich frohlockte ich. »Aber sie hat schon eine gute Figur«, sagte ich.

»Nee«, gähnte er, schlang seine Arme um mich und rollte sich mit mir ein. »Nicht so gut wie deine.«

10
Der Kartoffelkiller

Als das Telefon im Flur klingelte, fuhr ich hoch. Ken und ich waren eingenickt. Zum ersten Mal miteinander. Er hatte mir dabei in den Nacken gepustet, und ich stellte fest, dass ich es mochte. Während er nur ein Grunzen von sich gab, stand ich auf und lauschte auf die Stimme meiner Mutter.

»Ja, warte, Louise«, sagte sie. »Ich gebe sie dir.«

Bevor meine Mutter klopfen konnte, huschte ich aus dem schmalen Türspalt, damit sie nicht sah, wer da auf meinem Bett lag. Auch wenn sie nun Bescheid wusste, musste ich ihr ja nicht gleich die geballte Ladung verpassen. Sie reichte mir den Hörer. Kurz sahen wir uns an. Mutter und Tochter. Prüfend. Sie lächelte zuerst. Dann ich.

»Hey, Lou«, sagte ich und ging in Kens Zimmer, dessen Tür sperrangelweit offen stand. Sicher hatte meine Mutter seine Tasche im Flur gesehen, seine Jacke, die Schuhe und die offene Tür. Es bedurfte keiner großen Phantasie zu raten, wo er sich aufhielt.

»Jarush hat's gemerkt«, sagte Lou geradeheraus.

»Wirklich? Und?«

»Nichts«, sagte Lou. »Wir machen jetzt erst mal eine Pause. Er und ich.«

Ihre Worte wirkten gefasst. Sie stotterte nicht, weinte nicht. Und doch war sie erstaunlich kurz angebunden, als hätte sie Angst, eine Lawine loszutreten, wenn sie die Dinge zu ausführlich beschrieb.

»Wie geht's dir damit?«, fragte ich.

»Gut«, antwortete Lou. »Doch ja, irgendwie schon ganz gut.«

»Bist du denn gar nicht traurig?«

»Ich weiß nicht«, sagte Lou. »Irgendwie ...«

»Du redest total komisch«, sagte ich. »Als wärst du jemand anderes.«

»Findest du?«

»Ja.«

»Vielleicht hast du recht«, bestätigte Lou. »Ich fühle mich auch komisch. Als wäre ich gar nicht richtig da, als würde ich schweben und mir alles von weit oben angucken, weißt du, was ich meine?«

Ich stand an Kens Fenster und betrachtete den Garten aus einer anderen Perspektive. Alles schien ein Stück nach rechts verschoben.

»Ich kann's mir vorstellen«, sagte ich, kniff ein Auge zu und bemerkte eine Verzweigung des Walnussbaums, die ich von meinem Fenster aus nicht sehen konnte.

»Ich fühle mich nicht schlecht dabei, es ist nur neu und ungewohnt.«

»Hmm«, machte ich. »Und was ist mit Pepe? Weiß er, dass du ihn magst?«

»Ja«, sagte Lou. »Ich habe es ihm gesagt.«

»Und? Was hat er gesagt?«

»Er hat gesagt, dass er mich auch sehr gern hat ...« Sie räusperte sich, und ich ahnte, was nun kommen würde.

»Aber er hat auch gesagt, dass ihm seine Freundschaft zu Jarush sehr wichtig ist und dass er ..., dass er ...«

»Okay«, sagte ich. »Er kann's also nicht.«

»Nein«, bestätigte Lou. »Er kann's nicht.«

»Und was machst du jetzt?«

»Nichts. Ich mache nichts. Ich bin jetzt erst mal ... allein.«

»Puh!« Ich atmete tief aus. »Das ist ja ein Ding.«

»Weißt du, was echt merkwürdig ist?«

»Hmm?«

»Ich bin schon traurig, wegen Jarush und auch wegen Pepe, klar, aber nicht so, wie ich eigentlich sein müsste, und schon gar nicht so, wie ich es im Winter war. Irgendwie muss das jetzt alles so sein.«

»Das ist wirklich merkwürdig«, sagte ich.

»Wenn ich an das ganze Liebeszauberzeugs denke und wie fertig du warst.«

»Ja«, sagte Lou.

Zum Abschluss fragte ich sie, ob sie Lust hätte, mit zu Kens Geburtstagsparty zu kommen. Lou druckste ein bisschen herum und versprach, es sich zu überlegen. Sie wisse nicht, ob sie im Moment viele Menschen und laute Musik ertragen könne. Sie wisse auch nicht, ob sie sich Kens und mein Glück angucken könne, und das verstand ich natürlich gut. Als wir auflegten, bewunderte ich meine Freundin. Sie hatte für Klarheit gesorgt und zu Pepe gestanden, obwohl dieser die Freundschaft zu Jarush ihr vorzog und obwohl damit ihre Beziehung zu Jarush beendet war. Sie hatte sich für ihren eigenen Weg entschieden.

Ich ging ins Wohnzimmer, wo meine Mutter trotz der milden Temperaturen im Kamin Kleinholz und Scheite zusammenlegte und anzündete. Dicker Qualm wälzte sich augenblicklich in den Raum, und weil sie mit ihrem Bauch nicht so schnell hochkam, sprang ich zum Hebel, um die Klappe für die Luftzufuhr zu öffnen. Der Rauch zog ab.

»Ich wollte es ein bisschen gemütlich machen«, sagte sie entschuldigend, als sie meinen verwunderten Blick sah. »Merrie müsste gleich kommen und ... und Ken ist ja auch schon da und ...«

Ich nickte und schwieg.

»Feuer beruhigt mich immer«, lachte meine Mutter zittrig.

Sie sah hübsch aus, hatte sich umgezogen und zurechtgemacht.

»Kannst du mal kurz?«, bat sie und streckte ihre Hand nach mir aus. Ich half ihr aufzustehen.

»Was meinst du, sollen wir etwas zu essen bestellen für heute Abend?«

»Ist mir egal«, sagte ich. »Hab eh keinen Hunger.«

»Aber ich!« Ken streckte sich gähnend im Türrahmen und dachte nicht eine Sekunde darüber nach, dass er völlig selbstverständlich aus meinem Zimmer gekommen war. Spätestens jetzt hätte es meine Mutter gewusst. Ich war froh, dass ich es vorweggenommen hatte.

»Hi, Suzan.«

»Hi«, sagte sie, warf Ken nur einen kurzen Blick zu und wandte sich dann wieder an mich, als hätte ich Hunger signalisiert.

»Ja, dann bestellen wir was, oder?«

Sie war eindeutig verlegen und wusste nicht, wie sie mit uns umgehen sollte. Als es klingelte, lief sie sofort zur Tür und ließ Ken und mich im Wohnzimmer stehen.

Es war Sepp, wie immer ohne Schlüssel, und

zum ersten Mal gefiel mir seine Schusseligkeit. Er hatte eben Wichtigeres im Kopf, das konnte man jetzt besonders deutlich sehen. Er ging an meiner Mutter vorbei, ohne sie wie sonst mit einem Kuss zu begrüßen. Sie sah ihm verunsichert nach.

»Wo ist Merrie?«, fragte er Ken und mich. »Etwa immer noch bei Candice?«

»Müsste gleich kommen«, wich ich aus. »Sie hat mir vorhin eine SMS geschickt, weil sie dich nicht erreicht hat.«

»Hab ich gesehen«, erwiderte Sepp. »Ruft mich bitte an, wenn sie da ist.«

»Wieso?«, fragte meine Mutter zunehmend nervös. »Willst du schon wieder gehen?«

»Ja«, sagte er. »Ich gehe.«

Meiner Mutter entgleisten die Gesichtszüge, sie wurde sehr blass.

»Und du kommst mit«, setzte Sepp hinzu. »Wir haben was zu besprechen.«

Meine Mutter versuchte, ihre Erleichterung zu überspielen, indem sie betont ernst in ihre Stiefel stieg.

»Ihr kommt allein klar, oder?« Sepp sah von Ken zu mir, und wir nickten. Meine Mutter nahm mich in den Arm, Ken streifte sie nur unbeholfen an der Schulter.

»Tschüs dann«, sagte sie. »Passt bitte auf das

Feuer auf und … und macht keinen Quatsch, ihr beiden.«

Ken grinste. Sepp zog die Augenbrauen hoch. »Was sollten sie denn für Quatsch machen?«

»Nichts, nichts«, beeilte sich meine Mutter. »Jannah weiß schon, was ich meine.«

Daraufhin sahen Ken und Sepp mich fragend an.

»Geht jetzt mal«, bat ich ungeduldig. »Wir machen das hier schon.«

»In Ordnung, und wenn Merrie da ist, kurze Meldung bitte an mich, ja?«

»Ist recht, Chef«, sagte Ken und salutierte.

»Perfekt«, grinste er, als sich die Tür hinter Sepp und meiner Mutter geschlossen hatte. »Genau das hab ich mir vorhin gewünscht.«

»Was denn?« Mein Herz begann, heftig zu klopfen. Hoffentlich meinte er die Versöhnung unserer Eltern.

»Dass wir hier endlich mal allein sein können«, sagte Ken und schob mich ins Wohnzimmer vor den Kamin. »Und uns nicht immer draußen irgendwo herumdrücken müssen.«

Er legte ein Holzscheit ins Feuer und setzte sich neben mich auf den Teppich. Das trockene Holz knisterte über meine wummernde Brust hinweg, als sich die Flammen daran entlangfraßen. Ein querstehender Span erglühte, drehte sich zu einer schwarzen Spirale und fiel dann in die Glut. Ken beugte sich langsam zu mir herunter, schob seine Hand in meinen Nacken. »Ich hab dich echt vermisst, die ganze Zeit«, wisperte er und fuhr an meinem Hals entlang. »Ständig ist jemand um uns rum. Ständig müssen wir heimlichtun.«

Das Feuer flackerte in seinen Augen. Er zog mein Gesicht zu sich und versengte mich mit einem Kuss. Warm und doch kühl. Fest und doch so weich, dass ich darin unterging. In seinem pechschwarzen Blick, seinem zartbraunen Mund, der eine Nuance heller war als seine übrige Haut. In diesem olivgrünen Zauber, der sich wie ein seidiger Himmel über mir spannte, in dem ich meine Flügel ausbreiten und fliegen konnte. Ihm so nah, dass ich nicht mehr wusste, wo ich aufhörte und er anfing. Seine Sehnsucht kribbelte durch jede meiner Fasern und fackelte dort ein kleines Feuerwerk ab. »Ich liebe dich«, atmete er in mein Herz. Als schwerelose Aschefetzen tanzten wir durch die Luft. Ken und ich im Überall. Dort, wo es warm war und so schön, dass mir die Tränen kamen.

»Nicht«, flüsterte er und küsste sie rechts und links von meiner Wange. »Nicht weinen, okay?«

»Okay«, lächelte ich und löste mich von ihm. Ich wusste selbst nicht, warum ich auf einmal so empfindsam war. Am liebsten hätte ich richtig geweint, alles ausgeschwemmt, was sich in den vergangenen Wochen angestaut hatte, was sich verknotet und verhärtet hatte, doch vor ihm wollte ich das nicht. Ich schluckte den Kloß unzerkaut runter und legte den Schalter um.

»Hey«, rief Ken. »Soll ich uns was kochen?«

»Du?« Es klappte, ich konnte schon wieder bissig werden.

»Jawohl, ich!«

»Was kannst du denn?«, fragte ich. »Eier? Nudeln?«

»Wasser«, grinste er. »Ich kann Wasser kochen.«

»Toll«, lachte ich. »Das ist echt groß.«

»Mit Kartoffeln wird's eine Delikatesse.«

»Könnte sogar klappen«, nickte ich. »Haben wir Butter oder nur das Sojazeug?«

»Wir haben Butter und zweihundertfünfzig Millionen Jahre altes Salz, daraus zaubere ich dir das beste Essen der Welt.«

»Worauf du so alles achtest«, staunte ich. Wir gingen in die Küche, und Ken nahm das Salz aus dem Schrank.

»Hier.« Er hielt mir die Packung hin. »Aus dem Himalaya, guck.«

»Ich wusste gar nicht, dass wir so alte Körner essen.«

Während Ken die Kartoffeln wusch, Wasser aufsetzte und reichlich zweihundertfünfzig Millionen Jahre hineinstreute, pulte ich ein Stück Haut von meinem Fingernagel, das überstand. Leider ging es tiefer als gedacht, es blutete, und das letzte Teil biss ich mit den Zähnen ab.

»Warte doch, bis ich fertig bin«, sagte Ken. »Dann brauchst du dich nicht anzunagen.«

»Nur als Vorspeise«, gab ich zurück und knibbelte weiter, bis Ken die Hand von meinem Mund löste.

»Was ist los? Bist du nervös?«

Ja, ich war nervös. Natürlich war ich das, weil meine Mutter komische Dinge sagte, weil ich nicht wusste, wie mein Vater dazu stand. Weil er nun auch der Vater eines anderen Kindes werden würde und ich die Frau dazu gar nicht kannte. Weil Lou so ruhig geblieben war, weil Ally zu Wolfgang ziehen wollte, weil meine Mutter wusste, dass ich mit Ken zusammen war, ich aber nicht wusste, was sie darüber dachte, ob sie es Sepp erzählte und was Sepp dazu sagen würde. Weil sich Merrie mit Levent traf und nicht nach Hause kam und ich wahrscheinlich die Einzige war, die das wusste. Weil ich wahrscheinlich auch die Einzige war, die begann, sich Sorgen zu machen. Vor allem jedoch war ich sehr nervös, weil ich mit Ken allein in der Wohnung war, weil wir eben schon einen beängstigend schönen Abflug erlebt hatten und Merrie einfach nicht kam, mich zu befreien.

»Ich weiß nicht«, sagte ich. »Vielleicht.«

»Aber warum?«, fragte Ken.

»Weil Merrie nicht da ist.« War ja nicht gelogen.

»Hä?« Ken sah mich ungläubig an. »Wieso das denn?«

»Na, weil sie nicht bei Candice ist«, sagte ich, »sondern in Hamburg bei Levent.«

Jetzt riss Ken die Augen auf. »Nee, oder? Woher weißt du das?«

»Zufall«, log ich. »Ich hab in ihrem Zimmer mein Wörterbuch gesucht, und da lagen ein Stadtplan von Hamburg und eine Tickethülle mit einer Notiz von Levent.«

»Mann, Mann.« Er legte die Kartoffeln ins Wasser. »Hätte nicht gedacht, dass sie es trotzdem macht.«

»Hat sie eure Mutter vorher gefragt?«

»Ja, letzte Woche hatten die beiden ziemlichen Krach«, nickte Ken. »Weil Levent einen Cousin in Hamburg hat, den er für ein paar Tage besuchen wollte. Aber meine Mutter hat es nicht erlaubt.«

»Und damit Sepp nicht auch nein sagt, ist sie einfach so gefahren«, vollendete ich.

»Meine Mutter wollte eigentlich mit Sepp darüber sprechen«, sagte Ken. »Na ja, im Moment hat sie eh nur diesen Typen im Kopf.«

»Vielleicht ist sie auch davon ausgegangen, dass Merrie von Sepp sowieso keine Erlaubnis kriegt.«

»Ja, möglich. Meine Eltern reden ohnehin nur noch, wenn es um Leben und Tod geht.«

Immer noch besser als meine Eltern, dachte ich.

»Also, Mut hat sie«, schloss Ken.

»Allerdings«, sagte ich. »Ich hätte mich das nie getraut.«

»Wann wollte sie hier sein?«, fragte er.

»Um acht. Jetzt ist es halb neun.«

Ken ging in den Flur zu seiner Tasche und zog das Handy heraus. Doch bevor er anrufen konnte, klimperte ein Schlüssel an der Wohnungstür, und Merrie trat ein. Neugierig guckte ich aus der Küche.

»Hi«, sagte Merrie zu Ken und beachtete mich nicht. »Na?«

Sie sah toll aus, mit ihrem kurzen Rock und den dicken Boots, mit einer neuen, buntgestrickten Wolljacke, die ihre dunkle Haut und das Leuchten ihrer Augen betonte. So toll, dass ich sie beneidete. Sie hatte sicher eine richtig gute Zeit gehabt.

»Wo sind Sepp und Suzan?«, fragte sie.

»Führen Beziehungsgespräche«, sagte Ken. »Und du? Wo kommst du jetzt her?«

»Frag sie.« Merrie nickte zu mir rüber. »Sie schnüffelt doch dauernd in meinem Zimmer rum.« Ich wurde rot und schwieg.

»Wieso kommst du erst jetzt?«, fragte Ken, ohne darauf einzugehen. »Du wolltest um acht da sein. Sepp hat schon nach dir gefragt.«

»Meine Güte, Ken«, lachte Merrie. »Bist du mein Wachhund, oder was?«

»Nein, aber dein Bruder.« Ken verschränkte die Arme vor der Brust, und wenn ich mich nicht so geschämt hätte, hätte ich auch gelacht. Er machte sich bei ihr genauso wichtig wie bei mir!

»Okay«, grinste Merrie. »Der Zug hatte Verspätung, willst du das Ticket sehen?«

»Wieso hast du es mir nicht erzählt?«

»Weil ich keinen Bock hatte«, gab Merrie zurück. »Weil es dich nichts angeht.«

»Und wenn dir was passiert wäre, dann ginge es mich auch nichts an, was?«

»Genau! Was willst du eigentlich von mir? Muss ich mich in Zukunft abmelden?«

»Ich hätt's nur gern gewusst, für den Fall ...«

»Damit du mich besser kontrollieren kannst?«, schnaubte Merrie. »Vergiss es und kümmere dich gefälligst um deinen eigenen Kram!«

»Und dann auch noch über Nacht!« Ken stapfte knurrend zurück in die Küche. »Tut so, als wär sie erwachsen, tss!« Merrie und ich sahen uns an. Kurz, aber einprägsam. Sie war sauer auf mich, und sie war im Recht. Ich wäre genauso sauer gewesen, wenn sie in meinem Zimmer spioniert hätte. Merrie sagte nur deshalb nichts, weil sie wahrscheinlich sehr glücklich war und an nichts anderes denken wollte. Aber die Sache war noch nicht vom Tisch, das war mir klar.

Sie nahm ihre Tasche und ging in ihr Zimmer. Ich folgte Ken in die Küche. Er stand am Herd, und seine ganze Haltung war ärgerlich angespannt. Wahrscheinlich wusste er selbst nicht, warum er so sauer war. Schließlich hatte Merrie nicht ihn hintergangen, sondern ihre Eltern.

»Ich überlege echt, ob ich das Sepp und meiner Mutter erzähle«, sagte er. »Die spinnt wohl!«

»Nein, das machst du nicht.« Ich trat hinter Ken und umfasste ihn mit beiden Armen. »Merrie hat uns auch nicht verraten. Außerdem ist sie jetzt da, und nichts ist passiert.«

»Klar hat sie uns verraten!«, schimpfte Ken. »Deine Mutter weiß doch Bescheid, hab ich vorhin genau gemerkt mit dem: Ihr beiden macht keinen Quatsch und so.«

»Das war ich«, sagte ich. »Ich hab es ihr heute erzählt.«

»Ach so.« Er rührte sich nicht. Blieb weiterhin

steif am Herd stehen, und ich sprach mit seinem Rücken.

»Du hast so oft gesagt, dass dich das nervt. Mir hat's jetzt auch gereicht.«

Ken nahm ein Messer aus der Besteckschublade und stach in eine der Kartoffeln. »Geh bitte mal zur Seite.«

Ich trat zurück und überlegte, ob ich ihn allein lassen sollte. Ken schaltete den Herd aus und goss das kochende Wasser ab. Ihn störte doch garantiert nur, dass nicht er es verkündet hatte, sondern ich, und das auch noch, ohne ihn zu fragen. Und dass Merrie ihn nicht in ihre Geheimnisse einweihte, wie sie es früher vielleicht getan hatte. Ein bisschen konnte ich ihn sogar verstehen. Mich hätte auch brennend interessiert, wie Merrie den Tag und vor allem die Nacht in Hamburg verbracht hatte, wo sie geschlafen hatte, ob die Familie von Levents Cousin Bescheid wusste, was ich mir nicht denken konnte, weil türkische Familien in Sachen Freundschaft zwischen Jungs und Mädchen sehr vorsichtig waren. Sie hätten unbedingt mit Merries Eltern sprechen wollen und Levent nie allein loslaufen lassen, wenn sie es gewusst hätten. Vielleicht hatte ihr auch jemand anderes ein Alibi angeboten. Doch nach meinem Gestöber und Kens Ansage würde sie uns garantiert nichts erzählen.

11
Systemische Spezialisten

Am nächsten Morgen war in der Schule der Teufel los. Alle standen aufgeregt schwatzend vor ihren Klassen, die Lehrer kamen nicht zum Unterricht, und der Grund dafür war kaum zu glauben. Herr Drechsler hatte in der Lehrerkonferenz zugegeben, die Fotos von Fiona kopiert und in der Cafeteria aufgehängt zu haben. Nicht, dass es ihm leidtat oder er sich dafür schämte, nein, er war stolz auf seine Aktion, weil er ja im Sinne der Schülerin gehandelt habe. Er behauptete, er habe ihr einen großen Gefallen getan, indem er ihr und vielen anderen Schülern gezeigt habe, was alles passieren konnte, wenn man mit seinen Daten und Bildern leichtsinnig umging. So schnell würde von unserer Schule jedenfalls keiner mehr irgendwelche Fotos hochladen, und das sei doch gut und richtig. Er habe damit für mehr Sensibilität und Vorsicht bei uns Jugendlichen gesorgt. Genau das habe er immer gepredigt, und keiner habe ihm zuhören wollen. Da habe er eben ein Exempel statuiert, um die Schüler auf ihre Leichtsinnigkeit hinzuweisen. Der Direktor, das Kollegium, wir Schüler, ja die ganze Schule war fassungslos. Und Drechsler war es auch, weil er einfach nicht verstehen wollte, was daran falsch war. Zumal das Mädchen ja keinen direkten Schaden genommen habe, wie er sagte, weil die Fotos innerhalb der Schulgemeinschaft geblieben seien und er sie danach selbstverständlich alle entfernt und gelöscht habe.

Was genau unser Direktor und die anderen Lehrer dazu gesagt hatten, erfuhren wir zwar nicht, aber doch so viel, dass Drechsler nun eine Menge Ärger bevorstand. Er würde keinen Fuß mehr in unsere Schule setzen, geschweige denn unterrichten. Und das Verrückteste war, dass er sich vollkommen im Recht fühlte!

»Vielleicht ist der pädo«, sagte Carmen. »Und versteckt das damit.«

»Nein, der nicht!«, widersprach ich. »Der verteufelt das ganze Internet und will uns nur zeigen, was er als kleiner Wichtigtuer alles machen kann, wenn wir nicht aufpassen.«

»So unrecht hat er damit ja gar nicht«, gab Frida zu bedenken.

»Na, hör mal!«, fuhr ihr Lou sofort dazwischen. »Der ist Lehrer, ja? Der kann doch nicht einfach Fotos von seinen Schülerinnen verteilen, das ist doch völlig krank!«

»Ich meine ja nur, dass er recht hat, wenn er

sagt, dass manche ihre Bilder zu locker ins Internet stellen«, verteidigte sich Frida kleinlaut.

»Das darf er auch gern aussprechen«, sagte Lou. »Er darf uns auch gern warnen, aber das war's dann auch schon. Mehr darf der einfach nicht!«

»Kann er dafür ins Gefängnis gehen?«, fragte ich.

»Glaub ich nicht«, sagte Carmen. »Aber Lehrer ist der jetzt sicher auch nicht mehr.«

»Für Fiona tut's mir leid.« Lou schielte über Fridas Schulter zu Pepe und Jarush hinüber, die gerade aus dem Schulgebäude kamen. »Aber ich freue mich trotzdem, dass er endlich weg ist.«

Carmen, Frida und ich nickten stumm und beobachteten Lou, Jarush und Pepe. Wie Lou rot wurde, während sie die beiden ansah, wie Jarush den Blick vor ihr senkte und Pepe aus den Augenwinkeln taxierte. Wie Pepe ebenfalls rot wurde und Jarush zum anderen Ende des Schulhofs zog. Carmen grinste.

»Na, amüsiert ihr euch gut?«, fauchte Lou, riss ihre Tasche an sich und rauschte davon.

Die nächste Stunde hatten wir Kunst. Frau Weller kam zwar zu spät, doch keiner von uns war wegen der ausgefallenen Stunden am Morgen nach Hause gegangen. Niemand wollte etwas verpassen.

Frau Weller schloss den Kunstraum auf und ließ uns hinein.

Obwohl wir sie natürlich sofort mit Fragen bestürmten, hielt sie sich bedeckt.

»Ich darf euch dazu gar nichts sagen«, versicherte sie. »Es ist schlimm genug, dass es überhaupt zu euch durchgedrungen ist.«

»Ja, aber unsere Eltern müssen doch darüber informiert werden.« Samuel versuchte es hinten herum.

»Natürlich«, nickte Frau Weller. »Das wird die Schulleitung zu gegebener Zeit auch tun, aber euch geht das erst einmal nichts an.«

»Wie?«, sagte Marius. »Fiona ist ja wohl unsere Mitschülerin, oder nicht?«

»Schon, aber nicht in eurer Klasse. Und Herrn Drechsler habt ihr in diesem Halbjahr auch nicht, oder?«

»Na und?«, beharrte Samuel. »Aber wir sind eine Schulgemeinschaft, da müssen wir schon wissen, was los ist.«

»Ja«, sagte Frau Weller, »aber nicht jede Kleinigkeit. Das große Ganze ließ sich ja in diesem Fall leider nicht geheim halten, doch von mir werdet ihr nichts weiter erfahren. So, und jetzt möchte ich Unterricht machen.«

Es war enttäuschend. Da passierte schon mal

so ein Knaller an unserer Schule, und wir wurden abgewimmelt.

Stattdessen mussten wir in die Werkstatt gehen und Dinge suchen, aus denen Skulpturen werden sollten. Ich fand in einer der Altmetallkisten einen Fotoapparat ohne Objektiv, ein Fahrradpedal und einen elastischen Metallring, den man als Hosenklemme beim Radfahren benutzte. Während ich noch überlegte, wie ein Mensch wie Drechsler darauf kommen konnte, seinen Schülern eine so harte Lektion zu erteilen, hatte ich eine Idee. Ich hielt die drei Teile aneinander und überlegte, wie sie miteinander zu verbinden waren. Mein Blick fiel auf das Deospray in meiner Tasche, ich nahm den Plastikdeckel ab und steckte ihn an die Stelle im Fotoapparat, wo das Objektiv hingehörte. Es passte perfekt. Ein kleines Loch war schnell gebohrt und das Pedal aufrecht eingesteckt. Den Metallring spannte ich über das Pedal wie einen Heiligenschein und stupste es an. Das Gewinde war noch so gut geölt, dass es sich recht schnell drehte. Es sah klasse aus, auch wenn noch eine Kleinigkeit zu fehlen schien. Frau Weller kam an unseren Tisch.

»Toll«, sagte sie anerkennend und hob es für die anderen hoch. »Hier, Leute, seht mal, so hatte ich mir die Aufgabe vorgestellt. Ihr sollt Dinge zusammenbringen, die sonst nichts miteinander zu tun haben.«

»Eine meiner leichtesten Übungen«, murmelte ich.

Womit ich mich weniger leichttat, war, ruhig zu bleiben, als Inés Ken wenig später in der Cafeteria anging. Er war aufgestanden, um sich Nachtisch zu holen, ich blieb am Tisch, wo wir gemeinsam gegessen hatten, und beobachtete, wie sie sich durch die Wartenden zu Ken hindurchschlängelte. Sie sprach ihn an, doch ich konnte nichts verstehen, weil ich zu weit weg war. Ich sah, wie durchsichtige Fangarme aus ihrem Lächeln wuchsen und sich um ihn wanden. Ihr ganzes transparentes Wesen schien sich in feinste Fäden aufzulösen und ihn in ihr gläsernes Nichts einzuweben. Sein Grinsen nervte mich, seine unerträgliche Freundlichkeit; nein, dass er sie überhaupt ansah, reichte mir schon. Und dabei war sie nicht mal aufdringlich, nicht laut, nicht peinlich, so wie ich es mir gewünscht hätte. Nein, sie war ruhig, lässig und auf eine gefährliche Art zurückhaltend. Sie lächelte ihn nur an und fragte wahrscheinlich, ob er ihr was mitbringen könne, denn als er dran war, reichte er ihr eine Schale Salat und kam mit seinem Pudding zu mir zurück. Am liebsten hätte ich gefragt, was sie gewollt hatte, aber das war ja zu offensichtlich.

Außerdem hätte Ken es sowieso nicht verstanden. Salat, hätte er gesagt. Sie wollte, dass ich ihr einen Salat bestelle, sonst nichts.

Das, was sie wirklich wollte, sah nur ich. Ich konnte Inés' Blicke sprechen hören: *Ich habe dich erst jetzt so richtig wahrgenommen*, schien sie zu sagen. *Du siehst toll aus. Wollen wir nicht noch mal von vorne anfangen, du und ich?*

Du fandest mich doch mal richtig gut, oder? Hallo, Ken! Nun guck mich doch mal an!

Ich konnte sie schlecht die ganze Zeit anstarren, weil ich ja neben ihm saß und sie zu ihm rübersah. Sie ignorierte mich und verriet sich damit. Sie wusste ganz genau, dass ich an seiner Seite war. Ich! Ken meinte wohl, dass es mit den Enthüllungen und der Offenheit erst einmal reichte. Er scherzte mit Agostino, der uns gegenübersaß, fasste mich nicht an, küsste mich nicht. Machte gar nichts. Und ich war zu stolz. Ich wollte keine Show für Inés abziehen. Das hatte ich nicht nötig, na, vielleicht doch, aber irgendetwas hemmte mich. Ich brauchte die gesamte Sportstunde, um mich wieder zu beruhigen und dieses Bild der beiden aus meinem Kopf zu verdrängen. Dafür lief ich beim Hundertmeterlauf meine persönliche Bestzeit, hatte also auch was Gutes!

Lou und ich hatten uns lange nicht mehr getroffen, so dass ich nach dem Unterricht mit zu ihr fuhr. Außerdem scheute ich mich, nach Hause zu gehen. Sepp und meine Mutter waren am Abend so spät zurückgekommen, dass wir schon geschlafen hatten, und heute morgen waren wir drei allein beim Frühstück gewesen. Was, wenn sie sich doch trennten? Ich musste unbedingt mit meinem Vater sprechen, doch wie so oft konnte ich ihn nicht erreichen, und er rief nicht zurück.

»Wie läuft's eigentlich mit dir und Ken?«, fragte Lou, während wir zur Bahn gingen.

»Gut«, sagte ich. »Sehr gut, bis auf die Tatsache, dass er ziemlich eifersüchtig ist, das nervt ein bisschen.« Das ich genauso eifersüchtig gewesen war, erwähnte ich nicht.

»Ken? Echt?«

»Ja«, grinste ich. »Passt gar nicht, oder?«

»Nee«, sagte Lou. »Was macht er denn?«

Ich erzählte ihr von Neos Nachhilfe und Merries Ausflug nach Hamburg.

»Kleiner Kontrollfreak, was?«, lachte Lou. »Wer hätte das gedacht? Der coole Ken ist gar nicht so cool!«

»Meistens aber schon«, wiegelte ich ab. Ich wollte nicht, dass Ken in einem schlechten Licht dastand. »Sonst ist es total schön. Wenn er in der

Nähe ist oder wenn ich ihn in der Schule irgendwo sehe, kriege ich sofort Herzrasen.«

»Du hast es gut!«, seufzte Lou. »Du hast das Ganze noch vor dir. Ich bin richtig neidisch.«

»Dafür hattest du das alles mit Jarush«, gab ich zurück. »Und bei mir ist die ganze Zeit nichts passiert.«

Wir liefen die Treppe zur U-Bahn hinunter.

»Ja«, nickte Lou, »aber mit Jarush war es nicht so aufregend wie bei dir, weil wir uns doch schon ewig lange kennen. Es hat nie so richtig gekribbelt, weißt du?«

»Nein, weiß ich nicht«, sagte ich. »Ich dachte immer, bei euch ist Dauerkribbeln!«

»Quatsch!«, lachte Lou. »Zuerst war er einfach nur mein bester Freund, und als dann mehr daraus wurde, war es sehr vertraut und lieb, aber Kribbeln, Aufregung, Herzklopfen? Nee, das hatte ich zum ersten Mal bei Pepe!«

»Wie blöd!«

»Allerdings! Saublöd ist das!«

Die Bahn fuhr ein, und wir nahmen unsere Taschen.

»Zum Thema saublöd muss ich dir noch was erzählen.« Ich drückte auf den Türöffner. Wir setzten uns auf zwei Einzelsitze einander gegenüber. Ich beugte mich zu Lou vor und berichtete von dem Treffen meiner Eltern und dem darauf folgenden Streit zwischen Sepp und meiner Mutter. Ich sprach auch von meiner Angst, doch Lou beruhigte mich.

»Ach, ich glaube, da machst du dich umsonst verrückt. Ist doch ganz normal, dass nach einer Trennung nicht gleich alle Gefühle weg sind.«

»Meinst du?«

»Na klar«, sagte Lou. »Das war bei meinen Eltern auch so. Als sie wieder miteinander reden konnten, haben sie gemerkt, dass ihre Beziehung nicht immer so ätzend war, wie sie lange dachten. Sei froh, dass sich deine Mutter mit deinem Vater versöhnt hat.«

»Wieso?«

»Na, weil es viel besser ist, wenn's noch mal kurz weh tut, als wenn die jahrelang Hass aufeinander schieben. Ist doch viel ehrlicher so.« Lou klopfte mir auf den Arm. »Alles gut, glaub mir!«

Das beruhigte mich.

»Kommst du jetzt mit zu Kens Party?«

»Ich denke nicht.« Lou schüttelte den Kopf. »Vielleicht komme ich spontan nach.«

»Das wird schwierig«, grinste ich. »Wir feiern auf einem Schiff, dann musst du hinterherschwimmen.«

»Na und?«, grinste auch Lou. »Wenn ich mit

meinem neuen Hammerbikini die Strickleiter hochklettere, wird mir schon einer helfen.«

»Davon kannst du ausgehen«, lachte ich. »Garantiert nicht nur einer!«

Nach einem sehr netten Nachmittag mit meiner Freundin, an dem wir Schminke und Outfits für die Party ausprobierten und ich hoffte, dass Lou vielleicht doch mitkommen würde, fuhr ich beschwingt nach Hause.

Es war noch herrlich warm und hell an diesem Abend, und ich genoss das Gefühl, eine aufregende Party vor mir zu haben. Schließlich hatten Ken und ich noch nie gemeinsam gefeiert, das Lagerfeuer zählte nicht. Zufrieden rauschte ich zu Hause ein und ertappte meine Mutter und Sepp eng umschlungen auf dem Sofa. Lou hatte wie immer recht gehabt. Alles war in Ordnung.

»Hey, Jannah«, rief Sepp. »Ihr seid mir ja zwei Spezialisten! Tut euch zusammen und verratet keinem was.«

»Tja«, sagte ich unsicher. »Das ...«

»Und ich dachte schon, dass dieser Junge neulich ...«, unterbrach er mich. »Da habt ihr uns aber schön an der Nase herumgeführt. Du und Ken.«

»Ja, also ...« Verlegen grinste ich ihn an, meine Mutter lächelte, und ich konnte nichts mehr sagen.

Ich war einfach nur froh und auch ein wenig überrascht. Ich wusste nicht, was ich erwartet hatte, mehr Ablehnung und Widerstand vielleicht? Mehr Ernst und zweifelnde Fragen. Doch die stellten weder Sepp noch meine Mutter. Er freute sich wirklich, das konnte ich sehen. Bei meiner Mutter war ich mir nicht sicher, ob sie damit tatsächlich einverstanden war oder ob sie sich nur von Sepp anstecken ließ.

»Ich hab's gewusst«, sagte Merrie, die aus ihrem Zimmer gekommen war. »Viel früher als ihr.« Ihr Ärger vom Vorabend schien wie weggeblasen. Sie lächelte sogar.

»Also mich hat es doch sehr verwundert«, sagte meine Mutter. »Damit habe ich nun überhaupt nicht gerechnet.«

»Ich auch nicht, aber irgendwie gefällt's mir«, sagte Sepp. »Dir nicht?«

»Ganz ehrlich, ich finde es schon komisch«, gestand meine Mutter und wandte sich Sepp zu. »Aber wie sagt mein Mann so schön? Nur weil es ungewohnt ist, muss es ja nicht schlecht sein.«

»Apropos dein Mann«, grinste Sepp. »Heiratest du mich jetzt bald mal?«

»Du bist wieder umwerfend romantisch, Basti«, spottete meine Mutter. »Dafür müsste ich erst mal geschieden sein.«

»Ist das etwa immer noch nicht passiert?« Sepp runzelte die Stirn. »Ich dachte ... na egal, darüber wollte ich jetzt gar nicht sprechen.«

»Eben«, lächelte meine Mutter. »Wir waren doch bei viel angenehmeren Themen.«

»Ruf bitte mal *deinen Freund* an, Jannah«, sagte Sepp. »Sag dem Kerl, er soll sofort nach Hause kommen, wir haben was zu feiern!«

Mein Freund war jedoch nicht zu erreichen, weil er wahrscheinlich gerade mit den anderen Jungs unter der Dusche im Sportverein stand oder nach Hause fuhr. Ich ließ die zwei Worte in mir klingen. *Mein Freund.* Ken war *mein Freund.* Fühlte sich schön an. Wunderschön. Ich merkte, dass diese zwei kleinen Worte für mich noch alles andere als selbstverständlich waren. Vielleicht brauchte man dafür den offenen Umgang damit, das Bescheidwissen der anderen, der Eltern und Freunde. Im Geheimen konnte nichts selbstverständlich werden.

Mein Herz fiel in Galopp, als ich seinen Schlüssel an der Tür hörte und Sepp mir vielsagend zunickte. Auch Merrie und meine Mutter guckten mich an, und ich wurde knallrot. Zu gern wäre ich in mein Zimmer geflohen, hätte mich versteckt vor den anderen. Doch es half nichts. Irgendwann mussten wir uns stellen. Ich versuchte, entspannt ein- und auszuatmen, doch es klappte nicht. Nur noch eine Sekunde. Höchstens. Jetzt. Mein Atem stockte, als Ken ins Wohnzimmer trat.

»Na, was glotzt ihr denn so?«, grinste er. »Ich bin's doch nur, der liebe Ken.« Er setzte sich neben mich und gab mir einen Kuss auf den Mund. Vor allen! Einfach so. Jetzt bekam ich überhaupt keine Luft mehr. Meine Mutter wollte weggucken, konnte sich aber genauso wenig abwenden wie Merrie, und vor Verlegenheit musste ich dann doch lachen, obwohl ich am liebsten geschrien hätte. Ich wusste nicht, wohin mit meinen Händen, wusste nicht, wo ich hinsehen sollte. Ich wusste gar nichts mehr. Es war einfach alles viel zu peinlich.

»Wer hätte das gedacht, lieber Ken«, schmunzelte Sepp. »Du überraschst mich doch immer wieder.«

»So muss das sein«, sagte Ken. »Das nennt man systemische Evolution, Sepp.«

»Unverschämter Bengel«, lachte Sepp. »Von wegen Evolution!«

»Wieso? Wir setzen fort, was ihr angefangen habt.« Ken legte seinen Arm um mich. »Nur viel besser!«

»Das muss erst noch bewiesen werden.«

»Darf man fragen, wie lange das ähm ... System schon geht?«, sagte meine Mutter.

»Nein«, sagte ich.

»Warum nicht?«, fragte Sepp.

»Darf ich's sagen?« Merrie klatschte in die Hände. »Bitte, bitte lasst mich es sagen!«

»Nein!«, riefen Ken und ich wie aus einem Mund, und alle brachen in Gelächter aus. Nachdem endlich Klarheit herrschte, entspannte sich die Stimmung deutlich. Besonders Sepp und Ken, die sich gegenseitig mit Sprüchen befeuerten, sorgten für weitere Lachsalven. Einzig die Neuigkeit von Herrn Drechsler sorgte bei unseren Eltern für einen kurzen Schockmoment. Sie konnten kaum glauben, was wir ihnen erzählten, und verstanden sein Verhalten genauso wenig wie alle anderen.

Es war spät, als ich zufrieden in mein Bett krabbelte und daran dachte, dass Ken in zwei Tagen Geburtstag hatte. Nur noch zwei Tage bis zur Party, und Lou hatte mich auf eine super Idee für sein Geschenk gebracht.

12
Eine türkische Kirsche zum Geburtstag

Auch wenn meine Mutter und Sepp ihre offizielle Erlaubnis noch nicht erteilt hatten, war es doch sonnenklar, dass Merrie und ich mitfeiern würden. Gerade jetzt, wo sie wussten, dass Ken und ich zusammen waren, konnten sie es nicht mehr verbieten.

Sepp hatte die ganze Sache allerdings mit einer wirksamen Bremse versehen. Sein Freund Manu würde die Schiffsfahrt begleiten. Das war Sepps Bedingung. Ken fand das natürlich maßlos übertrieben und versuchte, es mit allen Mitteln zu verhindern, doch sein Vater blieb standhaft. Entweder mit Manu oder keine Party. Mir war es egal. Manu war nett und immer noch besser als einer unserer Elternteile. Er würde sicher keinen unnötigen Stress machen.

Nach der Schule fuhr ich zur Marienstraße. Lou hatte mir erzählt, dass es dort einen kleinen Steinladen gab, wo ich Kens Geschenk finden würde. Und heute Nacht um zwölf, zu seinem siebzehnten Geburtstag, würde ich es ihm geben. Manu wollte uns am Abend abholen und zum

Schiffsanleger am Kanal fahren. Von dort würde die Fahrt losgehen. Neugierig stöberte ich mich durch die vielen Körbe und Kistchen mit den schönsten Edelsteinen in allen nur erdenklichen Farben, bis ich den fand, von dem Lou gesprochen hatte. Es war ein von dunklen Adern durchzogener olivgrüner Chrysopras, und ich wusste sofort, dass es der richtige war. Das war seine Farbe. Sein Stein.

»Der soll es sein?«, fragte die Verkäuferin, als ich ihn mit einem passenden Lederband auf den Tresen legte. »Da hast du dir aber etwas wirklich Außergewöhnliches ausgesucht.«

Ich nickte, zog mein Portemonnaie hervor und bezahlte. Die Verkäuferin schob das Band durch den Stein und steckte beides in einen grünen Samtbeutel. »Dazu gehört noch diese Beschreibung, damit du weißt, wofür er steht.« Lächelnd gab sie mir einen kleinen Zettel.

»Danke«, sagte ich, und irgendwie fing mein Herz schon wieder an zu puckern. Ich war aufgeregt. Was würde Ken dazu sagen? Würde er ihm gefallen, und würde er ihn tragen?

Natürlich wusste ich, was das für ein Stein war. Lou hatte es mir erzählt, und ich hatte selbst im Internet recherchiert. Ob die Kräfte, die man ihm zusprach, tatsächlich wirken würden?

Als ich nach Hause kam, schoss Merrie wie eine Kanonenkugel aus meinem Zimmer, und ich hätte schwören können, dass sie so rot war, wie sie überhaupt nur sein konnte.

»Hallo?« In Schuhen und Jacke lief ich hinter ihr her. »Was war das denn?«

»Nix«, haspelte Merrie atemlos, mit dem Rücken zu mir. Ihre gesamte Gestalt war glutrot. »Ich … ich hab nur meine Leggins gesucht.«

»Hmm.« Misstrauisch ließ ich meinen Blick durch ihr Zimmer schweifen. »Und? Hast du sie gefunden, deine Leggins?«

Merrie schüttelte den Kopf, drehte sich aber nicht zu mir um. Ob sie etwas verbarg? Selbst wenn, ich war die Letzte, die ihr Vorhaltungen machen konnte. Außerdem war bei mir nichts zu holen. Mein Tagebuch war nicht mehr interessant, weil ich kaum noch schrieb und es nur wenig enthielt, was Merrie nicht schon wusste, und dann hatte ich es auch so gut versteckt, dass sie es nie finden würde. Jedenfalls nicht in meinem Zimmer. Würde unser Miteinander je normal werden? Würden sie und ich jemals klarkommen? Ehrlich, offen und freundschaftlich? Keine Ahnung, ich hatte auch keine Zeit, mir Gedanken darüber zu machen. Die Party war viel wichtiger als irgendein Gezicke mit Merrie.

Ich ging zurück in den Flur, griff nach meinen Absatzstiefeln und trug sie in mein Zimmer. Es lag schon ein ansehnlicher Kleiderstapel auf meinem Bett, als mein Vater anrief.

»Hey, türkische Kirsche!«, tönte er. »Von dir hört man ja gar nichts mehr.«

»Als ob ...«, schnaufte ich. »Von wem man wohl nichts hört!«

»Okay, okay«, lachte er. »Kleiner Scherz vom schlechten Gewissen!«

»Geschieht dir recht«, schmunzelte ich. »Was machst du denn? Bist du überhaupt noch in Hannover?«

»Klar«, sagte er. »Dauert doch noch mit dem Umzug, aber ich war tatsächlich ein paar Tage in Berlin. Klinik besichtigen und so.«

»Aha«, machte ich. »Und wie geht's ... Valerie?«

»Gut, es geht ihr sehr gut. Ist ja auch noch kaum was zu sehen.«

Ich schwieg, und meinem Vater schien das unangenehm zu sein. »Ich bleibe jetzt erst einmal in Hannover«, fuhr er fort. »Hab hier einfach noch zu viel zu regeln.«

»Hmm.«

»Ja, und ich wollte dich fragen, wann wir uns mal wieder treffen? Hast du Zeit? Heute Abend vielleicht? Ich lade dich zum Essen ein, wie wär's?«

»Nee«, sagte ich. »Heute geht gar nicht. Heute ist Kens Geburtstagsparty.« Sollte ich ihn auf meine Mutter ansprechen?

»Morgen?«

Nein, das sollte ich nicht. So etwas besprach man am besten persönlich. Ich wollte wissen, wie es ihm damit ergangen war, was er gefühlt hatte, und das ging nur, wenn ich ihm ins Gesicht gucken konnte, wenn er mir nicht ausweichen konnte.

»Weiß nicht, Papa«, sagte ich. »Ich rufe dich an, ja?«

»Neulich schien es aber noch ziemlich dringend zu sein«, sagte er. »Als du mir auf die Box gesprochen hast.«

»Das hat sich erledigt«, log ich. »War echt nicht wichtig.«

»Okay«, sagte er langsam. Ich merkte, dass er mir nicht glaubte; er wusste, dass da noch etwas war.

»Geht's dir wirklich gut, Janni?«

»Ja, Papa!« Ich lachte lauter als nötig. »Alles super!«

Mit einem merkwürdigen Gefühl beendeten wir das Telefonat, und ich war sicher, dass mein Vater genauso empfand. Er hatte mich nicht bedrängt, kannte mich aber gut genug, um zu wissen, wann in mir etwas arbeitete. Manchmal früher als ich selbst.

Ich zog mein neues Kleid aus dem Schrank. Blutroter Chiffonstoff, ein bisschen durchsichtig und nicht allzu lang. Dazu hohe Stiefel. Schon gewagt, die Nummer. Was hatte Carmen gestern gesagt? Die Konkurrenz schläft nicht, höchstens mit deinem Freund! Schmunzelnd drehte ich mich vor dem Spiegel. Aber nicht mit meinem, und schon gar nicht, wenn ich so gehen würde!

Rasch räumte ich die Kleidungsstücke weg und zog meine Alltagssachen wieder an. Es war genug Zeit zum Duschen und Fertigmachen. Während des Telefonats mit meinem Vater hatte mir Lou eine SMS geschickt. Obwohl sie es angekündigt hatte, war ich nun doch enttäuscht, dass sie nicht kommen würde. Wir hätten so schön zusammen feiern können. Die letzte Party, Lous Geburtstag, lag nicht nur schon einige Zeit zurück, sie war auch gründlich in die Hose gegangen. Ich hatte mich mit Neo gestritten, völlig unnötig, wie sich später herausstellte. Auch bei Lou war einiges passiert. Sie hatte Yunus geküsst, obwohl sie sich nur nach Jarush gesehnt hatte, von dem sie getrennt gewesen war, so wie jetzt. Hatte Lou vielleicht Angst, wieder etwas Unüberlegtes zu tun, wenn sie mitkam?

Ich öffnete das Fenster und stützte mich auf das steinerne Sims. Zufrieden sog ich die laue Brise ein, die mir ins Gesicht wehte. Wenn es nicht regnete, würden wir eine Sommerparty feiern, obwohl noch Frühling war.

Es klopfte an der Tür. »Jannah?«

»Komm rein.«

Meine Mutter erschien mit rosigen Wangen und einer großen Tüte in meinem Zimmer. »Guck mal, was ich gekauft habe.«

Sie setzte sich breitbeinig auf meinen Schreibtischstuhl und zog einen blauen Strampelanzug mit silbernen Sternen hervor. Er war so winzig, dass er meinem alten Teddy gepasst hätte.

»Süß«, sagte ich. »Hast du noch mehr?«

»Ja.« Stolz präsentierte sie mir die ganze Garnitur aus Mützen, Söckchen, Hemdchen, Bodys, Jäckchen und einem weichen Kissen, in das der Kleine nach der Geburt gelegt werden würde.

»Aber hast du nicht noch drei Wochen?«

»Die Hebamme sagt nein«, lächelte meine Mutter. »Sie sagt, dass er wahrscheinlich früher kommt. Und ganz ehrlich«, sie wischte sich den Schweiß von der Stirn, »mir ist das auch sehr recht. Ich mag nicht mehr.«

»Aber danach geht's doch erst richtig los«, sagte ich. »Babygeschrei den ganzen Tag, keine Nacht mehr durchschlafen ... meinst du, danach wird's leichter?«

»Nein, natürlich nicht«, stöhnte meine Mutter

beim Aufstehen. Sie sah aus, als hätte sie einen der Medizinbälle verschluckt, auf denen Frida in der letzten Sportstunde Laufen geübt hatte. War ihr Bauch wirklich in nur drei Tagen so dick geworden?

»Aber ich habe endlich meinen Körper wieder für mich und kann mich wieder normal bewegen.«

»Das hoffst du«, grinste ich.

»O ja, das hoffe ich! Und wie ich das hoffe!«

Ken war zu seiner Mutter gefahren, weil er bei ihr die meisten Sachen hatte. Er würde sich mit Sepp am Schiff treffen, der die letzten Dinge mit dem Kapitän besprechen und dann den Stab an Manu weiterreichen wollte.

Merrie und ich hatten Frieden vereinbart. Ehrlich gesagt, war es mir egal, was sie in meinem Zimmer gemacht hatte. Wir waren quitt. Merrie hatte mein Angebot angenommen und war jetzt fast so aufgeregt wie ich. Ständig lief sie von ihrem Zimmer ins Bad und wieder zurück, zur Garderobe, in ihr Zimmer und noch mal zur Garderobe, weil die Jacke angeblich nicht zum Top passte. War ich genauso? Wahrscheinlich.

Ich war froh, als Manu kam und uns daran hinderte, zum fünfunddreißigsten Mal unsere Augen nachzuschminken oder uns zum siebzehnten Mal umzuziehen.

»Ganz schön ... na ja«, sagte Manu lächelnd, als wir in voller Pracht vor ihm standen. »Die armen Jungs!«

Merrie trug ein schmales schwarzes Kleid, das ihr bis zu den Knöcheln reichte. An einem der Träger steckte eine weiße Stoffblume.

»Aber wirklich«, sagte meine Mutter. »Willst du nicht wenigstens eine Strumpfhose anziehen, Jannah? Und du eine Jacke, Merrie? Nachher wird es bestimmt kühl. Und außerdem ...«

»Nein«, fiel ich ihr ins Wort, auch Merrie schüttelte den Kopf.

»Okay, Mädels, dann packen wir's!« Manu nahm meine Mutter in den Arm. »Bis bald, Suzan. Ich komme mal rum, wenn der Nachwuchs geschlüpft ist.«

»Ist gut«, lachte meine Mutter. »Und pass ein bisschen auf die wilde Bande auf, ja?«

»Klar«, versicherte Manu. »Dafür bin ich doch gebucht, oder?«

Auf der Fahrt redeten wir nicht viel. Merrie und ich. Manu erzählte dies und das, und es schien ihn nicht zu stören, dass wir eher einsilbig waren. Ich dachte an die lustige Fahrt in Bodrum zum Halikarnas, die wir mit laut aufgedrehter Musik in den Autos des Filmteams gemacht hatten. Ich dachte an Amy, die von Ken eine saftige Abfuhr kassiert hatte, weil sie seine Barbie sein wollte. Ich dachte an den Moment, als ich mit Sayan getanzt hatte und mir Kens Blick durch die Masse der Menschen hindurch ins Herz geschossen war. Obwohl ich es recht gut überspielte, war mir eigentlich schon in diesem Moment klar, was mit ihm und mir geschehen würde. Ich hatte es gewusst, mich aber noch dagegen gewehrt, weil ich Sayan dafür loslassen musste und ihn nicht verletzen wollte. Das war natürlich trotzdem passiert. Er hatte sich danach nicht mehr gemeldet.

Manu bog in eine Sackgasse mit Kopfsteinpflaster ab. Die Räder holperten so geräuschvoll über den unebenen Belag wie mein Herz. Wir waren da.

13
Massive Biegung ins Klo

Einige Stunden später holperte mein Herz nicht mehr. Es blutete, als hätte jemand einen Dolch hineingestoßen, hin und her gedreht und stecken lassen. So brutal und schmerzhaft wie noch nie in meinem Leben. Zum ersten Mal merkte ich, wie unglaublich weh etwas tun kann. Ich stand so unter Schock, dass ich nicht mal weinte. Aber ich zitterte. Fror, bibberte und schlotterte am ganzen Körper. Und das lag nicht daran, dass es in der Nacht kühler geworden war, wie meine Mutter prophezeit hatte. Der Schlüssel klimperte in meiner Hand. Sie gehorchte mir nicht mehr. Meine Hand. Irgendwie schaffte ich es, den richtigen Schlüssel ins Schloss zu stecken und die Tür aufzuschließen. Die Stiefel hatte ich schon ausgezogen, als ich mich lautlos in die stille Wohnung tastete. In Zeitlupe schob ich die Tür wieder zu, damit sie bloß kein Geräusch machte. Der Mond schien durch die großen Fenster, so dass ich recht gut sehen konnte. Ich ging aufs Sofa zu, nahm ein Kissen und zog die dicke Wolldecke bis ans Kinn. Als ein Laster vorbeifuhr, murrten mich die dünnen Scheiben wie immer unwillig an: Was willst du denn hier? Sonst kommst du nie, und jetzt schleichst du dich wie ein Dieb herein?

War das wirklich passiert? Waren die grässlichen Bilder in meinem Kopf nicht nur Szenen aus einem Film, den ich gerade gesehen hatte? Das hatte doch nichts mit mir zu tun. Das konnte nichts mit mir zu tun haben. Es konnte nicht Wirklichkeit sein. So etwas passierte mir einfach nicht. Glückskind Jannah Kismet war immun gegen so was.

Doch mein Innerstes wusste es besser. Es wusste, dass auch Glückskindern manchmal Dinge widerfuhren, die zum Kotzen waren. Einfach zum Kotzen. Natürlich war mir schlecht. Und wie, obwohl ich nur ein kleines Glas Sekt getrunken hatte. Zum Anstoßen auf Kens Geburtstag. Um Mitternacht. Als es noch halbwegs in Ordnung war. Mit ihm und mir. Als wir die Sache grade noch hätten abwenden können. Er und ich.

Er hatte sie geküsst. Natürlich hatte er das. Und ich wusste es. Ich hatte es immer gewusst und nun endlich auch kapiert, was das für eine Vision gewesen war neulich. Dieser gläserne, farblose Mist inmitten dicker brauner Würmer. Dass ich da nicht schon viel früher drauf gekommen war!

In meinen Ohren dröhnte und zischte es wie bei

einem Großbrand, ich konnte mich nicht dagegen wehren. Auch nicht gegen die Szenen, die wieder und wieder vor mir abliefen.

Es war schon recht voll, die Musik schallte über den ganzen Kanal, als Manu, Merrie und ich das Schiff betraten. Sepp kam uns entgegen, sprach noch ein paar Sätze mit seinem Freund und verabschiedete sich, indem er uns viel Spaß wünschte. Hinter seinem Vater trat Ken auf uns zu, zog mich sofort an sich und wisperte »Hammer! Du siehst hammer aus!«. Dann nahm er meine Hand, ließ Manu und Merrie stehen und führte mich übers Schiff. Es war größer, als ich gedacht hatte. Zwar nur ein einfacher Kutter, aber nett zurechtgemacht. Mit einem gemütlichen Raum, der am Rand Sitzbänke hatte und die Mitte zum Tanzen freigab. Eine verspiegelte Kugel an der Decke schleuderte uns im Stakkato Lichtblitze entgegen. Obwohl das Ding wahrscheinlich aus dem letzten Jahrhundert stammte, gefiel sie mir. Auf einer Empore am Ende des Raums war das DJ-Pult. Dort stand ein blonder Typ, etwas älter als wir, mit großen Kopfhörern und regelte an seiner Anlage herum. Die Tanzfläche füllte sich bereits. Unter ihnen entdeckte ich Frederick aus Kens Klasse, der mit Merries Freundin Candice tanzte. Ich wusste gar nicht, dass sie auch eingeladen war. Merrie stand in ihrer Nähe und beobachtete die beiden. Links von uns befand sich eine kleine Stiege zum Kapitänsdeck. Durch einen weiteren Raum, in dem das Büfett aufgebaut war, traten wir ins Freie. Auch hier waren rechts und links Bänke, die meisten schon besetzt. Neugierig wurden Ken und ich beäugt. Und ich glühte vor Stolz. Einige Gesichter kannte ich aus der Schule oder aus Kens Verein. Viele hatte ich jedoch noch nie gesehen. Rouven saß mit einer Dunkelhaarigen am Bug, die uns den Rücken zukehrte. Wir nickten uns kurz zu. Agostino nahm mich sogar in den Arm und flüsterte: »Gut, dass du so nicht in die Schule gehst, würde ja keiner mehr klarkommen!«

»Ey«, rief Ken und schob Agostino beiseite. »Massive Biegung, Dicker, aber hurtig!«

»Entspann dich, Kollege!«, schmunzelte Agostino. »Ich nehm sie dir schon nicht weg.«

»Natürlich nicht«, grunzte Ken. »Trotzdem nur gucken, nicht anfassen, klar?«

»Wouhou, da passt aber einer auf, was?!« Agostino grinste mich verschwörerisch an. Ich lachte und hatte das Gefühl, dass der Abend mir gehören würde. Mir ganz allein.

Der Kutter gab ein dumpfes Tuten von sich, wie man es von alten Dampfschiffen kannte, und legte ab. In zwei Stunden würden wir wieder anlegen und am Ankerplatz weiterfeiern. Hier im Industriegebiet störte die laute Musik nämlich niemanden. Außerdem würde es nach Mitternacht noch ein Feuerwerk geben, hatte uns Manu im Auto verraten, und das konnte man am besten vom Ufer aus zünden.

Merrie und Candice kamen mit ihren Getränken nach draußen, setzten sich in eine freie Ecke und tuschelten.

»Frederick steht auf sie«, erklärte Ken, als hätte ich ihn gefragt, warum Merries Freundin da war.

»Hab ich gesehen«, schmunzelte ich. »Stört mich nicht.«

»Mich schon«, sagte Ken. Eine große Hand legte sich auf seine Schulter, und er drehte sich um. Es war der Kapitän. In Uniformjacke, Mütze und Goldstreifen.

»Moin«, brummte er mit tiefer Seebärenstimme. »Du bist Kenan?«

Ken nickte und schüttelte dem Kapitän die Hand.

»Und das ist deine Braut?« Der Kapitän zwinkerte mir zu. »Fesches Ding, min Jung. Na dann, weitermachen!«

Freundlich sah er von mir zu Ken, klopfte ihm erneut auf die Schulter und stieg wieder auf sein Deck.

»Was war das denn?«, grinste Ken.

»Das sollte wohl so was wie ›Guten Tag, ich bin der Kapitän‹ heißen«, lachte ich.

»Wahrscheinlich«, lachte auch er.

Ein schnelleres Lied ertönte, und automatisch begannen meine Beine zu zucken.

Manu pirschte sich an Sofia, die hübsche blonde Bedienung, heran, nahm ihr das Tablett aus der Hand und bat um einen Tanz.

Agostino kam auf uns zu und hakte sich bei mir ein. »Du erlaubst doch, oder?«, fragte er an Ken gewandt.

»Nur, wenn du deine Griffel bei dir lässt«, drohte Ken, halb ernst, halb im Spaß.

»Klar doch, Babo!«

»Mich fragst du gar nicht, oder was?«, schmunzelte ich und beobachtete Manu, der mit Sofia einen schicken Tango hinlegte. Passte sogar zur Musik.

»Hab ich doch!« Verschmitzt blinzelte Agostino mir zu. »Außerdem bist du doch bestimmt ganz froh, mal von deinem Mogul wegzukommen, oder?«

»Nö, ich hab den ziemlich gern, meinen Mogul.«

»Versteh ich nicht. Willst du dir das nicht noch mal überlegen?«

»Nein«, lachte ich. »Das passt schon.«

Anfangs fand ich es auch noch witzig, dass Agostino wie ein unbeholfener Teddybär vor mir herumtappte. Doch dann trat er mir dreimal auf den Fuß, und ich atmete auf, als Ken kam.

»Der schon wieder!«, stöhnte Agostino, schielte nach neuer Beute und schwabbelte davon. Anders als die meisten Jungs konnte Ken tanzen. Er war im Takt und hatte einen guten Stil. Komisch, dass er es im Halikarnas nicht einmal getan hatte. Aber dafür hatte ich ja am Lagerfeuer eine kleine Kostprobe bekommen. Irgendwie gefiel es mir im Nachhinein auch. Ken war kein Angeber, er hatte es nicht nötig, sich vor den anderen aufzuspielen. Doch dafür hatte er etwas anderes nötig. Mehrmals drehte er mich beim Tanzen zu sich. Den Grund verstand ich erst, als ich den interessierten Blick des DJs auffing. Ich schob das unangenehme Gefühl beiseite, lächelte Ken an und ignorierte den DJ. Ich dachte wirklich, ich hätte mich an seine Eifersucht gewöhnt und müsste dem keine Bedeutung mehr beimessen.

»Wollen wir raus?«, fragte Ken. Ich nickte, und wir stellten uns mit unseren Gläsern an die Reling. Noch eine halbe Stunde bis zu Kens Geburtstag. Das Schiff tuckerte bedächtig schmatzend durch die Nacht. Am Ufer war jetzt kein einziges Licht mehr zu sehen, schemenhaft erhoben sich Kleingärten aus dem Dunkel. Wir drehten leicht, bogen in einen Seitenarm des Kanals ab, und der Wind ließ die Musik über eine Baustelle wabern. Das hohe bleiche Haus mit den schwarzen Augenlöchern wurde von einem Park und danach von einem Wald abgelöst. Keine Ahnung, wo wir uns befanden. Ich kam mir vor wie in einer anderen Welt. Auf einer funkelnden Insel im Nirgendwo. Wie ein Leuchtkäfer in der Nacht. Ein Mädchen lachte, und ich drehte mich um, weil mir ihre Stimme bekannt vorkam. Es war Rebecca, die neben Rouven saß. Inés' Freundin. Rouven legte den Arm um sie. Verwirrt starrte ich erst Rebecca, dann Ken an.

»Komm«, sagte Ken verlegen. »Lass uns was essen, okay?«

Obwohl mir die Frage auf der Zunge lag, sagte ich nichts, sondern folgte ihm zum Büfett. Doch da stand sie auch schon. Inés. Wie ein dürrer farbloser Geist schwebte sie vor uns! Wo war die denn die ganze Zeit gewesen? Warum hatte ich sie vorher nicht gesehen? Auf dem Schiff konnte man sich doch gar nicht verfehlen. Oder hatte sie sich auf dem Klo versteckt? Anders konnte ich mir das nicht erklären. Ken wusste natürlich, dass sie hier war. Er musste es wissen.

»Ken, was soll das?«, wisperte ich nervös. »Was macht die hier?«

Er wich meinem Blick aus.

»Warum lässt du die zu deiner Party kommen?« Meine Stimme wurde lauter und wütender. »Warum?«

»Hab ich gar nicht!«, gab Ken hilflos zurück. »Rouven ist jetzt mit Rebecca zusammen und hat sie mitgebracht, ohne mich zu fragen.« Er versuchte, mich in den Arm zu nehmen. »Hey, ich kann echt nichts dafür!«

»Mann!« Ich schüttelte ihn ab. »Ich hab keinen Bock auf die. Die nervt mich!«

»Soll ich sie über Bord werfen?«, grinste Ken.

»Ja«, sagte ich. »Schick sie weg, setz sie ins Rettungsboot, schubs sie ins Wasser, mir egal, die soll weg.«

Ken lachte. »Sie bedeutet mir nichts. Gar nichts.«

Er nahm mein Gesicht in seine Hände und küsste mich so innig, dass meine Knie und mein Herz wieder weich wurden. Es ärgerte mich, sehr sogar, aber er hatte recht. Was konnte er dafür, dass dieser dämliche Rouven die beiden angeschleppt hatte? Und was spielte es schon für eine Rolle? Spielte sie überhaupt eine Rolle? Sie war nichts. Das hatte Ken selbst gesagt. Ich durfte ihr nicht so viel Aufmerksamkeit schenken, doch das war leichter gedacht als getan. Ken zog mich noch fester an sich, umschlang mich mit beiden Armen, so dass ich kaum Luft bekam, und flüsterte: »Ich liebe dich, Kismet.«

Inés stand da. Mit ihrem Teller, auf dem ein Klecks Kartoffelsalat und eine Scheibe Weißbrot lagen. Enttäuscht, weil er sie nicht mal grüßte, weil er nichts von ihr wollte, weil er mich hatte.

Trotzdem war in diesem Moment etwas geschehen. Ich hätte es nicht erklären können. Es fühlte sich nur nicht gut an. Die olivgrünen Wellen, die mich zuvor friedlich umspült hatten, wurden ganz allmählich schwerer, drückender, änderten ihre Farbe und wurden zu schleimig braunem Brackwasser. Wie ein Virus, das den Abend befallen hatte und nun sein zerstörerisches Werk begann. Doch richtig los ging es erst, nachdem wir in Kens Geburtstag reingefeiert hatten.

Das Schiff lag bereits am Ankerplatz vertäut, als Sofia um kurz vor zwölf in der Küche verschwand. Alle versammelten sich im großen Raum. Ich stand möglichst weit von Inés, Rebecca und Rouven entfernt und doch so, dass ich sie im Auge behalten konnte. Die Lichter gingen aus. Wir zählten die letzten zehn Sekunden rückwärts wie an Silvester und klatschten und pfiffen, als der Zeiger Mitternacht überschritten hatte. Der DJ spielte »Happy Birthday«, Manu und Sofia schoben auf einem Servierwagen ein monströses tortenähnliches Ding aus unzähligen Schokoküssen herein, zwischen denen siebzehn Kerzen brannten, und alle sangen mit. Inés natürlich auch, obwohl ich es ihr am liebsten verboten hätte. Obwohl ich sie am liebsten geknebelt und im Maschinenraum angekettet oder, noch besser, gleich ausgesetzt hätte, wie man das mit blinden Passagieren früher machte. Mit denen, die unerlaubt mitfuhren, die keiner eingeladen hatte.

Natürlich war ich die Erste, die Ken gratulierte. Ich gab ihm einen ausgedehnten Kuss, bis die anderen um uns herum erneut klatschten und johlten und Ken sich etwas verlegen von mir löste. Danach kamen Merrie, Manu und Sofia mit ihren Glückwünschen. Candice hatte sogar eine rote Rose für ihn, die sich Ken mit großer Geste ins Knopfloch seines Hemds steckte und damit neuen Applaus erntete. Und dann fielen ihm fast alle Mädchen um den Hals, küssten ihn und verdrängten mich von seiner Seite. Und er sonnte sich strahlend und lachend in der Schar seiner Gäste. Insbesondere der weiblichen. Ständig drückte ihm jemand ein neues Glas in die Hand und stieß mit ihm an. Aufmerksam beobachtete ich, wie es mit Inés ablief. Ich musste mich recken und sah trotzdem nichts. Er beugte sich zu ihr hinab und verschwand zwischen den vielen

Köpfen und Armen um ihn herum. Der DJ spielte jetzt ein angesagtes Stück, schob die Lautstärkeregler so hoch, dass die Boxen vibrierten und der satte Klang bis in den letzten Winkel drang. Rouven brüllte einen Schlachtruf in die Menge, und ich musste zugeben, dass das ziemlich cool war. Wir tobten. Aus dem Stand begannen alle zu tanzen. Es ging gar nicht anders. Unmöglich. Meine Beine, meine Arme, meine Schultern, meine Hände, sie machten einfach, was sie wollten, meine langen Haare peitschten nur so um mein Gesicht. Ich ließ alle Bedenken, alle Zweifel, allen Ärger fahren, schmiss mich in die wummernden Bässe und ging ab wie zu meinen besten Zeiten beim Streetdance. Ich war nur noch Teil der rhythmischen Bewegung, die mich blind steuerte. Mit geschlossenen Augen fühlte ich das Rasseln der Maracas, das Klingeln der Glöckchen und Schellen, das elektronische Klatschen der Beats, ich fühlte jeden Trommelschlag, jeden Ton des Saxophons, der sich mit dem Gesang in die Höhe schraubte. Als es in den Refrain kippte, zog ein silbriger Schimmer an mir vorüber, und ich wusste plötzlich, welche Farbe ich hatte. Perlmutt. Jannah war eine helle Perle. Ganz einfach und doch so schwer.

Schmunzelnd öffnete ich die Augen. Der ganze Saal kochte, alle tanzten und juchzten dem DJ entgegen. Der sah mich an. Und ich sah ihn an. Spiel's noch mal, dachte ich, spiel's noch mal. Er wandte sich seinem Mischpult zu und ließ das Lied im Zeitraffer zurücklaufen, um es tatsächlich noch einmal zu starten. Dann guckte er wieder zu mir. Lächelnd. Wie war das möglich?

Ken tanzte vor einem Mädchen mit weißblonden kurzen Haaren und hatte jetzt ein Bier in der Hand. Mir warf er einen seltsamen Blick zu.

Egal. Es war alles egal. Erneut verlor ich mich in diesem wunderbaren Song. Ich genoss die aufkommende Hitze, die quirlige Fülle um mich herum und merkte nicht, wie aus meinem geliebten Olivgrün ein schlammiger Morast wurde.

Auch die nächsten Stücke waren so gut, dass ich auf der Tanzfläche blieb. Eigentlich hatte ich Ken sein Geschenk geben wollen, doch bei den vielen Leuten würde es seine Wirkung verfehlen. Ich beschloss, es später nachzuholen, wenn wir allein waren. Nur dazu sollte es nicht mehr kommen.

»Na, der gefällt dir, was?«

Wie aus dem Nichts stand er vor mir und wies mit der Flasche zum DJ-Pult.

»Der Typ da?«

»Ach, Ken!«, seufzte ich. Die Gewitterwolke hing über mir. Groß und dunkel beschattete sie mich. Uns. »Lass das doch!«

»Und diese beschissene Kette trägst du auch immer noch!«

»Was?« Erschrocken griff ich nach meinen goldenen Flügeln. »Was soll das jetzt?« Langsam wurde mir klar, dass das Gewitter nur ein Vorspiel war. Dahinter lauerte der Tornado.

»Sag schon«, fauchte er böse, »du liebst ihn immer noch, diesen ... diesen ... Vogel, oder?! Gib's zu!«

»Ken!« Ich schnappte nach Luft. »Was ist eigentlich mit dir los? Spinnst du jetzt völlig?«

»Ach, gib's endlich zu, Kismet! Du willst mich gar nicht! Deshalb trägst du das Teil auch immer noch, weil du hoffst, dass ...«

»Hör auf!«, rief ich und hielt mir die Ohren zu. »Hör sofort auf damit!«

»Warum?« Mit glasigen Augen grinste Ken mich schief an. »Weil ich recht habe? Weil es so ist? Weil ...«

»Du bist ekelhaft«, unterbrach ich ihn zornig. »Einfach nur ekelhaft!«

Er war betrunken. Er musste betrunken sein!

Ich drehte mich von Ken weg und tanzte weiter, nur nicht mehr aus Spaß, sondern um mich abzureagieren. Der hatte sie nicht alle! Das war total krank! Ich tanzte, als müsste ich damit den Teufel austreiben. Musste ich ja vielleicht auch. Doch nicht nur einen, sondern gleich zwei. Als müsste ich ihnen irgendwas beweisen. Ihm beweisen, dass mich weder sein Zustand noch sein dummes Gerede interessierten. Dass ich stark genug war, ihm die Stirn zu bieten. Dass er mich mal kreuzweise konnte. Ihr beweisen, dass ich besser war als sie, dass sie gegen mich keine Chance hatte. Ein für alle Mal. Und irgendwann tanzte mich der DJ an. Seine strubbeligen blonden Haare standen kreuz und quer vom Kopf ab und passten gut zu seinen grünen Augen. Von den Plattentellern winkte uns Manu fröhlich zu. Der arme Ahnungslose, der eigentlich dafür sorgen sollte, dass nichts aus dem Ruder lief, machte mit der Ablösung am Pult genau das!

Bevor ich begriff, was ich tat, schenkte ich Ken auch schon ein kaltes Lächeln und warf mich dem DJ in die Arme. Kens finster zusammengekniffene Augenbrauen hatte ich natürlich sofort im Nacken, aber das war ja so gewollt. Ich wollte ihn kränken. Ihm eins auswischen. Weil Ken eine lächerliche Eifersuchtsszene machte. Weil er so ungerecht war. Weil Inés sich hier herumtrieb und Ken das nicht verhindert hatte. Weil die beiden mir den Abend versauten, auf den ich mich so gefreut hatte. Damit entglitt mir die Situation endgültig, rutschte weg.

Der DJ wirbelte begeistert mit mir über die Tanzfläche und versuchte, mich an sich zu ziehen. Ich schob ihn immer wieder weg, doch er schien sich vorgenommen zu haben, mich zu erobern. Als er zu aufdringlich wurde, ließ ich ihn einfach stehen. Ken war verschwunden. Ich suchte ihn am Büfett und auf dem vorderen Deck. Selbst beim Kapitän wagte ich einen Blick. Nichts. Auch Inés konnte ich nirgends entdecken. Mein Herz schlug jetzt so heftig, dass es schmerzhafte Stiche verursachte. Wo waren die? Was sollte das ganze Theater? Warum kümmerte sich Manu um die Musik und um Sofia, aber kein bisschen um die wirklich wichtigen Ereignisse?

14
Shetani und das Liebespaar

Als ich Merrie mit verkrampfter Miene an der Tür zum Heck stehen sah, wappnete ich mich für den Höhepunkt des Abends. Sie wollte mich hindern, doch ich schob sie beiseite. Ich wollte es jetzt wissen, ich wollte es mit eigenen Augen sehen. Sie und ihn. Ken und Inés. Das, wovor ich mich die ganze Zeit gefürchtet hatte. Ich würde es mir jetzt ansehen. Genau jetzt.

Ken hatte seine Finger an ihrer Wange. Seine schönen langen Finger strichen an ihrer Wange entlang. Ihre Gesichter waren nicht weit voneinander entfernt. Inés guckte unsicher, wich aber nicht zurück. Warum nicht? Warum stieß sie ihn nicht zurück? Sie wusste doch, dass er mit mir zusammen war! Wie konnte sie stillhalten? Sich von ihm anfassen lassen?

Ken musste mich im Augenwinkel bemerkt haben, wahrscheinlich hatte er mich auch erwartet, denn er sah zu mir rüber, lächelte und beugte sich zu ihr.

Und dann konnte ich doch nicht hinsehen. Es ging einfach nicht. Bevor sich ihre Lippen berührten, drehte ich mich um und stürmte davon, obwohl ich kein Gefühl mehr in den Beinen hatte, obwohl ich dachte, dass sie beim nächsten Schritt unter mir einknicken würden. Ich kam mir vor wie ein angeschossenes Reh, wie ein geköpftes Huhn, das einfach weiterläuft, weil der Impuls noch da ist, weil es nicht anhalten kann. Mein Herz donnerte gegen meine Rippen und pumpte völlig sinnlos Unmengen von Blut irgendwohin. Von einer Sekunde zur anderen wurde ich zu einer pulsierenden Wunde, aufgerissen und geschwollen wie nach einem Unfall. Frontalcrash. Totalschaden. Ja, er hatte uns gegen die Wand gefahren.

Es war absolut idiotisch, dass ich auf einmal an die kleine Mücke vor meinem Fenster denken musste, die sich im Kampf gegen die Spinne verausgabte. Im Gegensatz zu ihr wehrte ich mich jedoch nur kurz. Ich nahm es hin. Ich gab auf. Ken wollte Inés. Er hatte sie immer gewollt, und jetzt bekam er sie. So sollte es sein, und ich würde in Kenan Sander nie nie nie wieder jemand anderen sehen als einen Zwangsmitbewohner. Ich hatte mich getäuscht. Er hatte mich getäuscht. Es ging nicht um mich. Es war nie um mich gegangen. Er hatte mit mir herumgespielt und mich dann abgelegt wie seine getragenen Socken. Es war alles nur

Geschwätz gewesen, leeres Gelaber. Er hatte nur auf die richtige Gelegenheit gewartet. »Ich liebe dich, Kismet?« Schwachsinn! Alles Schwachsinn! Und ich war wirklich darauf hereingefallen. Ich hatte ihm alles geglaubt! Wie doof war ich eigentlich?! Ihm ging es nur ums Besitzen, Habenwollen um jeden Preis. Sie, mich, wen auch immer. Er wollte der Bestimmer sein, der Kontrolleur. Wollte im Mittelpunkt stehen. Ständig. Er gierte nach Aufmerksamkeit, Bewunderung und Zuneigung. Nach Liebe. Nach ihrer, meiner, ganz egal. Sonst nichts.

Wie ich vom Heck weggekommen war, wusste ich nicht mehr. Wie ich einen Fuß vor den anderen gesetzt hatte, durch welche Tür, welchen Raum ich gelaufen war, wie ich den Steg überquert hatte. Keine Ahnung. Ferngesteuert. Ich wusste nur noch, dass Merrie ihren Bruder angeschrien hatte. »Du mieses Arschloch!«, hatte ich noch im Ohr.

Ich wachte erst wieder auf, als sie neben mir anfing zu lamentieren.

»Es tut mir so schrecklich leid, Jannah! Das habe ich nicht gewollt, wirklich! Das musst du mir glauben! Ich ... ich wollte doch nur ... Kacke!«

Ich verstand kein Wort. Starrte nur auf die Industriebrache vor uns. Fabrik, Sandberge, Kies, Steinhaufen, Container, irgendwas. Schwieg.

»Ich wollte nur, dass ihr kein Paar mehr seid, weil ich mich so geärgert habe, dass du in meinem Zimmer warst und das Ticket gefunden hast!« Flehend sah sie mich an. »Ich wollte nur, dass ihr statt Liebespaar Freunde werdet!«

»Was?«, sagte ich mühsam. Gleich würden mir die Augen zufallen, ich würde umkippen, wegtreten, ohnmächtig werden, sterben, so was. Ich merkte, wie sehr ich es mir wünschte. Nichts mehr sehen, nichts mehr fühlen.

»Jannah, es tut mir wahnsinnig leid!«, wiederholte Merrie verzweifelt. »Das war kein böser Zauber, bitte, bitte, glaub mir! Das war ein Freundschaftszauber! Ich hab echt nur einen Freundschaftszauber gemacht! Das hab ich so nicht gewollt!«

Ich schüttelte den Kopf. Sie verstummte. Eine Weile saßen wir still nebeneinander. Merrie hatte ihren Arm um mich gelegt. Trotzdem gefror ich zu Eis. Das, was ich erwartet hatte, war eingetreten, und es war schlimmer, als ich mir vorstellen konnte. Viel schlimmer. Und trotzdem saß ich hier, und keine Ohnmacht, kein Keulenschlag, nichts erlöste mich. Ich war immer noch am Leben. Ich saß immer noch auf irgendwas Hartem und zitterte.

»Du hast mit der ganzen Sache überhaupt nichts zu tun!«, sagte ich erschöpft zu Merrie. »Das ist nicht deine Schuld!«

»Doch!«, schluchzte sie. »Doch, ist es! Es ist meine Schuld! Ich bin schrecklich! Und es tut mir so, so, so leid!«

»Ach, hör auf«, sagte ich. »Ich glaub nicht mehr an den ganzen Mist. Ken ist betrunken und zeigt jetzt endlich sein wahres Gesicht. Das ist alles.«

Ich konnte Merrie nicht für den Vorfall verantwortlich machen. Es war albern. Es lag an Ken und mir. Nur an ihm und mir. In erster Linie an Ken. Nicht an Merrie. Sie kam aus ihrer Verzweiflung jedoch kaum heraus, weinend versicherte sie, dass es das allerallerletzte Mal gewesen sei, dass sie einen Zauber gemacht habe. Nie, nie wieder, das schwor sie mir.

»Vergiss es, Shetani!«, sagte ich. »Es ist alles ätzend genug, da müssen wir uns nicht auch noch zerfleischen!«

Kurze Zeit später saßen wir bei Manu im Auto. Merrie und ich. Er war zu uns gekommen, hatte ein paar Fragen gestellt, die wir so allgemein wie möglich beantworteten, und dann beschlossen, uns nach Hause zu bringen. Als wir durch die Nordstadt fuhren, bat ich Manu, mich bei meinem Vater abzusetzen, und er machte es, obwohl er Bedenken hatte. Ich versprach hoch und heilig, meiner Mutter eine Nachricht zu schicken, und auch Merrie versicherte, dass sie ihr und Sepp Bescheid sagen würde. Sie wusste, dass ich jetzt nicht im Magnolienweg schlafen konnte.

Wieder murrten die dünnen Fensterscheiben in ihren Rahmen. Ich rollte mich unter der Decke zusammen und versuchte, die Augen zu schließen, doch dann sah ich sofort wieder Ken, der Inés küsste.

Ob er froh war, nun freie Bahn zu haben? Für Inés? Ich bekam Magenkrämpfe bei dem Gedanken, dass er sich mit ihr amüsierte, dass sie Spaß miteinander hatten, beim Feuerwerk, beim Tanzen und Anfassen, dass er sich freute, endlich am Ziel seiner Träume zu sein. Dass er sie endlich da hatte, wo er sie immer haben wollte. Bei sich.

Ich stand auf und lief, so schnell und leise es ging, ins Bad; ich betete, dass mein Vater seine Ohrstöpsel trug und nichts hörte. Doch als ich mich über die Kloschüssel beugte, passierte nichts. Ich konnte nicht. Nicht mal das.

Im Spiegel sah ich die Spuren des Abends, die sich wie eine Maske über mein Gesicht gelegt hatten. Meine Augen, sonst groß und grün, steckten tief in den dunkelumrandeten Höhlen. Sie wirkten stumpf und fremd. Waren mir in den vergangenen Stunden Augenringe gewachsen? Und meine Lippen schienen am Kinn festgenäht zu sein. War das wirklich ich? Jannah Kismet? Das Glückskind? Nein, das war ich nicht.

In dem angelaufenen Silberbecher, den Ally meinem Vater aus Indien mitgebracht hatte, steckten unsere drei Zahnbürsten. Ich nahm meine heraus und putzte mir ausgiebig die Zähne.

Obwohl sowieso alles egal war, tat der frische Geschmack gut. Verdrängte zumindest ein wenig die Übelkeit.

Als ich mein Handy herausnahm, um meine Mutter anzurufen, wurde eine Nachricht von Ken angezeigt, die er mir vor der Party geschickt und die ich nicht gesehen hatte. Wo bleibt ihr denn, leuchteten mir die ersten Worte fröhlich entgegen. Ich schwankte, setzte mich aufs Sofa und löschte, ohne hinzugucken.

Wie sollte es weitergehen? Wo sollte ich hin? Ich konnte doch nicht bei meinem Vater bleiben. Jedenfalls nicht ewig. Außerdem war auch er bereits auf dem Sprung nach Berlin. Wie sollte ich Ken jemals wieder begegnen? Wie sollte ich ihm ins Gesicht sehen? Mit ihm an einem Tisch sitzen? Wie sollte ich zur Schule gehen? Wie sollte ich im Unterricht aufpassen, mit dem Bewusstsein, dass er im gleichen Gebäude war, in der Cafeteria hinter mir saß, womöglich mit Inés im Arm? Wie sollte das gehen?

Meine Gedanken jagten sich im Hamsterrad. Drehten sich im Kreis. Ohne Pause. Ohne Ausweg.

Es war vorbei. Alles war vorbei. Nicht nur das mit Ken und mir. Alles. Das große Ganze, unsere Familie, die ohnehin keine gewesen war und jetzt erst recht keine mehr werden würde. Afrikanisch-türkisch-deutsche Kapitulation.

Meiner Mutter schrieb ich nur, dass ich bei meinem Vater schlafen würde und sie sich keine Sorgen machen solle. Wie viel ich ihr erzählen würde, wusste ich noch nicht. Es war vier Uhr morgens. Ich dachte, sie würde es beim Frühstück lesen. Doch fünf Minuten später kam eine SMS zurück, von Sepp unterzeichnet, Dein kleiner Bruder ist gerade angekommen ...

Mir wurde schwarz vor Augen. Croc. Der winzig kleine Croc schaffte mich. Diese Neuigkeit war der letzte Stupser, der mich in den Abgrund stürzte. Ich konnte mich nicht mehr halten. Fiel und fiel ins Bodenlose. Das Handy glitt mir aus der Hand. Ich krümmte mich auf dem Sofa zusammen, hielt mir die Hände vors Gesicht und begann, hemmungslos zu weinen. Immer mehr Tränen quollen hervor, Krämpfe schüttelten mich, und in meinem Herzen tobte der Großbrand, der es unter Qualen zu einem schwarzen Klumpen verkohlte. Was für eine Nacht! Was für eine unsägliche Nacht!

15
Gift für drei Millimeter Hoffnung

Es war sehr hell um mich herum. Gleißend hell, so dass ich die Augen nicht öffnen konnte und trotzdem völlig geblendet war. Ich stand allein in der Wüste, und die Sonne knallte auf mich nieder. Sand wirbelte über mich hinweg. Ich spürte ihn auf der Kopfhaut, im Gesicht, auf den Wangen, Lippen und Augen, zwischen den Zähnen.

»Ein Sandsturm kommt durch sehr trockenen und heißen Wind zustande«, erklärte Dede, und ich nickte. Das merkte ich. »Große Mengen Sand werden zunächst hoch aufgewirbelt und dann weitergetragen. So können pro Jahr bis zu drei Milliarden Tonnen Sand bewegt werden.«

»Und die Dünen?«, fragte ich, während meine Füßen einsanken. »Wie entstehen die Dünen?«

»Eine gute Frage«, lobte Dede. »Dünen werden von den größeren, schwereren Sandpartikeln gebildet, die sich an windgeschützten Stellen ablagern.«

»Und die kleinen?« Ich steckte schon bis zu den Knien im heißen Sand. »Was geschieht mit den kleinen, leichten?«

»Die legen zum Teil riesige Entfernungen zurück. Werden in alle Winde zerstreut.«

»Und ich?« Der Sand war an meiner Hüfte angelangt. »Was wird aus mir?«

»Du gehst unter«, sagte Dede und sah auf seine Armbanduhr. »In genau sieben Sekunden. Sechs, fünf, vier.«

Als der Sand meinen Hals erreichte, wollte ich schreien. Aber nicht, weil er mich zu ersticken drohte, sondern weil mir auf Augenhöhe eine riesige Vogelspinne entgegenkrabbelte. Mit Strohhut, Lackstiefeln und einem Rock aus aufgefädelten Kaffeebohnen. Und als sie dann noch ihre acht Beine in die Luft warf und *Wake Me Up* sang, fuhr ich schweißgebadet hoch.

Das Lied lief wirklich, wurde aber nicht von einer verkleideten Spinne gesungen, sondern von Avicii und tönte aus dem Radio. Und ich steckte auch nicht in einer mannshohen Wanderdüne, sondern lag unter zwei Decken immer noch auf dem Sofa meines Vaters. Es roch nach Kaffee.

»Guten Morgen, meine kleine türkische Kirsche.« Barfuß, nur mit einem Handtuch um den Hüften stand mein Vater am Herd und erhitzte Milch. »Na, gut geschlafen?«

»Geht«, murmelte ich nur und sah ihm beim Aufschäumen zu.

»Welch unerwarteter Besuch mitten in der Nacht«, schmunzelte er. »Hab mich ganz schön erschreckt heute Morgen, als ich dich hier entdeckt habe.«

Er kam zum Sofa und strich mir über den Kopf. »Ist was schiefgegangen? Du wolltest doch zu Kens Party?«

Ich nickte. »Alles.«

»Alles ist schiefgegangen?«

Ich nickte wieder.

»Okay.« Er sah mich von der Seite an. »Willst du drüber reden?«

»Nein.«

»Geht's um Ken?«

»Nein.«

»Du hast einen anderen, und Ken will sich das Leben nehmen.«

»Nein!«

»Er hat eine andere, und du willst dir das Leben nehmen.«

»NEIN!«

»Jetzt hab ich's: Ihr könnt euch nicht mehr leiden, müsst euch aber ein Zimmer teilen, wenn das Baby da ist.«

»Ach, Papa«, stöhnte ich. »Bitte!«

»Hast du kein Vertrauen zu deinem alten Herrn?«

»Nein.«

»Bisschen viel nein in den letzten zwei Minuten, oder?«

»Wenn du mir solche Dinge nicht Wochen später aufs Brot schmieren würdest, könnte ich es dir vielleicht erzählen.«

»Höre ich da etwa einen leisen Vorwurf?«

»Ja.«

»Aha«, grinste mein Vater. »Ich muss nur die Fragen anders stellen. Also, so wie du heute aussiehst, war es eine ereignisreiche Nacht, stimmt das?«

»Ja, ich geh mich mal waschen«, sagte ich und stand auf. Ich konnte mir lebhaft vorstellen, was für einen Anblick ich bot, schließlich hatte ich, ohne mich abzuschminken, Sturzbäche geweint. Es sah wirklich schaurig aus. Wie nach einem Schlammbad. Mit warmem Wasser beseitigte ich das Elend. Zumindest das äußerliche. Grauschwarze Spritzer sprenkelten das Waschbecken, während ich wusch und wusch. Selbst als mein Gesicht sauber war, machte ich weiter, als könnte ich damit die vergangene Nacht abspülen, ungeschehen machen. Als ich zurückkam, war mein Vater angezogen und der Tisch gedeckt.

»Es ist richtig schön, dass du mal spontan da bist«, sagte er und stellte für mich Kakao hin.

»Wie lange haben wir nicht mehr zusammen gefrühstückt?«

»Sehr lange«, antwortete ich. »Musst du heute nicht arbeiten?«

»Nein.« Mein Vater hielt mir den Brötchenkorb hin. »Aber später hole ich einen Freund vom Bahnhof ab.«

Ich nahm eins heraus. »Kenne ich den?«

»Glaube ich nicht. Jason ist ein alter Studienkollege von mir, der in Hannover eine Fortbildung macht.«

»Wo kommt er her?«

»Aus Santa Cruz«, sagte mein Vater. »Das ist in der Nähe von San Francisco.«

»Nett«, sagte ich. »Da wär ich jetzt auch gern.«

»Ja, ich wollte ihn schon immer besuchen und habe es bisher nicht geschafft. San Francisco stand lange auf meiner Wunschliste.«

»Wegen Ally?« Meine Oma hatte dort viele Jahre einen Tattooshop betrieben, bevor sie nach Deutschland zurückgekehrt war.

»Kann sein«, sagte mein Vater nachdenklich. »Ja, vielleicht. Weil sie nie da war und ich bei meinem Vater bleiben musste. Als kleiner Junge dachte ich, meine Mutter arbeitet in Disneyland. Und weil ich Mickey Mouse mochte, wollte ich die Figuren unbedingt mal in echt sehen.«

Auf einmal tat mir der Junge leid, der mein Vater gewesen war und den seine Mutter einfach so verlassen hatte.

»Hast du es ihr eigentlich mal gesagt?«

»Was? Dass sie eine lausige Mutter war?«

Ich nickte.

»Natürlich.« Mein Vater lächelte. »Nicht nur einmal.«

»Wie hat sie reagiert?«

»Gut. Sie hat meine Vorwürfe angenommen, mir recht gegeben und sich entschuldigt.« Mein Vater goss Kaffee in seinen Becher und kippte etwas Milchschaum dazu, ohne dass es über den Rand lief. »Das hat meine Kindheit im Nachhinein zwar nicht glücklicher gemacht«, fuhr mein Vater fort, »aber je älter ich wurde, umso besser verstand ich Ally. Sie konnte einfach nicht anders. Sie ist kein mütterlicher Typ, sie hätte besser auf ein Kind verzichtet, wusste das aber als junge Frau nicht. Es war zu ihrer Zeit auch sehr unüblich, keine Kinder zu haben. Solche Frauen gab es kaum.«

»Du wolltest ja auch nie Kinder.« Ich nahm einen Schluck Kakao. Das Brötchen lag unangetastet vor mir. Ich hatte keinen Hunger.

»Ja«, sagte mein Vater. »Vielleicht war das meine Angst, die gleichen Fehler zu machen wie meine Eltern. Und damit lag ich ja auch nicht falsch.

Immerhin sind deine Mutter und ich ebenfalls getrennt.«

Wie wir, dachte ich. Ken und ich sind auch getrennt. Diese Gewissheit wühlte mich plötzlich wieder so auf, dass ich keine Luft bekam. Ich versuchte, ruhig und tief zu atmen, doch der Sauerstoff erreichte meine Lunge nicht. Stoppte kurz vorher immer wieder ab, so dass ich nur in flachen, kurzen Stößen atmen konnte.

»Alles okay mit dir?«, fragte mein Vater. »Du siehst angespannt aus.«

»Der Kleine ist letzte Nacht geboren worden«, sagte ich leise.

»Was?« Mein Vater verschluckte sich an seinem Kaffee und hustete.

»Er und Ken haben am gleichen Tag Geburtstag«, fügte ich hinzu, weil es mir soeben bewusst geworden war.

»Puh«, schnaufte mein Vater. »Das ist ja was! Heute also.«

»Ja, heute.«

»Dann hast du ihn noch gar nicht gesehen, oder?«

»Nein, Sepp hat mir in der Nacht eine SMS geschickt, weil ich ja nicht nach Hause gefahren bin.«

»Wie? Ist Suzan zu Hause?«

»Ja klar. Wo sollte sie denn sonst sein?«

»Jetzt sag bloß, deine Mutter hat eine Hausgeburt gemacht?«

»Ja, das hat sie.«

»O mein Gott!«, stöhnte mein Vater. »In ihrem Alter? Das ist hochgefährlich. Das ist, das ist fahrlässig!«

»So kann auch nur ein Arzt reden«, sagte ich. »Sie ist doch nicht krank, nur weil sie ein Baby bekommt!«

»Und so kann nur jemand reden, der von nichts eine Ahnung hat!«, konterte mein Vater. »Weißt du, was bei einer Geburt für Komplikationen auftreten können? Weißt du, warum früher die Säuglingssterblichkeit so hoch war?«

»Ruhig, Papa, ganz ruhig«, sagte ich. »Es ist alles gutgegangen. Anne und dem Kleinen geht's bestens, keine Komplikationen, kein Stress, und schon gar nicht für dich!«

»Jaja, hast ja recht«, sagte er beschwichtigend. »Es ist nur, weil sie auch bei dir damals eine Hausgeburt wollte und ich das nicht zugelassen habe.

»Dafür macht sie jetzt, was sie will.«

»Das tut sie, deine Mutter«, lächelte mein Vater. »Und das ist auch gut so. Ich habe ihr früher viel zu sehr reingequatscht. Es ist richtig, dass Sebastian sie machen lässt. Deine Mutter ist sehr klug und weiß genau, was das Beste für sie ist.« Ich sah meinen Vater an und bekam nun eine Antwort auf die Frage, die ich mir die ganze Zeit gestellt hatte. Ja, auch mein Vater liebte meine Mutter noch. Sie hatte ihren Platz in seinem Herzen, auch wenn die beiden unterschiedliche Wege gehen würden, auch wenn meine Mutter jetzt Sepp liebte und mein Vater Valerie. Aber vielleicht waren ihre Wege nicht so weit voneinander entfernt wie bei anderen getrennten Paaren? Vielleicht liefen sie irgendwie parallel zueinander, so dass sie sich von Zeit zu Zeit winken und ein bisschen unterstützen konnten? Freundschaftlich.

»Will Valerie das Kind im Krankenhaus bekommen?«

»Ja, zum Glück«, sagte mein Vater. »Alles andere würden meine Nerven nicht mitmachen.«

»Ich wusste gar nicht, dass du so ein Schisser bist, Papa!«

»Ey«, lachte mein Vater. »Sag so was nicht zu mir!«

Auch wenn mich das Gespräch mit meinem Vater für einen Moment von Ken ablenkte, schwang er doch die ganze Zeit mit. Ich hatte keine Ahnung, was ich tun sollte. Einerseits zog es mich mit Macht nach Hause, weil ich Croc sehen wollte, weil ich es sehr bedauerte, im entscheidenden Augenblick nicht dagewesen zu sein. Und weil ich auch wissen wollte, wie es meiner Mutter ging, obwohl Sepp geschrieben hatte, dass alles in Ordnung sei. Ich vermutete, dass Merrie ein wenig vom Verlauf der Party berichtet hatte, denn Sepp schrieb auch, ich solle mir die Zeit nehmen, die ich brauche, und nach Hause kommen, wann ich wolle. Das hätte er nicht geschrieben, wenn er nichts gewusst hätte. Doch ich musste definitiv in den Magnolienweg, um Wechselkleidung und meine Schulsachen zu holen.

Nachdem ich geduscht hatte und mein Vater losgefahren war, hockte ich unschlüssig auf dem Sofa. Aus meiner offenen Tasche funkelte mir Kens Geschenk entgegen. In grünem Glanzpapier. Als ich es auspackte, rollten die Tränen wieder los. Chrysopras. Der Stein gegen Eifersucht. Trotz meines verschwommenen Blicks musste ich lächeln. Unter Liebenden sollte er für beständige Treue sorgen. Unter Liebenden! Das waren wir nicht. Ken und ich. Ganz sicher waren wir das nicht, denn sonst wäre das ja nicht passiert, sonst hätte er sie ja nicht geküsst. Hatte ich mich wirklich so getäuscht?

»Kann ich mir nicht vorstellen«, sagte Lou kurz darauf, die mich angerufen hatte, weil sie neugierig war. »Irgendwie kann ich mir das nicht vorstellen.«

»Aber so ist es!«, beharrte ich. »Er liebt mich nicht. Hätte er sie geküsst, wenn er mich lieben würde?«

»Hat er sie wirklich richtig geküsst?«

»Hmm, ja«, sagte ich. »Ich bin dann abgehauen.«

»Das heißt also, du weißt es gar nicht?«

»Lou«, sagte ich ungeduldig. »Er hat sich zu ihr runtergebeugt, seine Hand war an ihrem Gesicht! Die waren vielleicht noch drei Millimeter voneinander entfernt!«

»Du hast es nicht gesehen, oder?«

»Nein«, seufzte ich genervt, »aber die haben sich geküsst, darauf kannst du Gift nehmen!«

»Frag lieber mal Merrie«, sagte Lou. »Die war klarer im Kopf als du.«

»Warum soll ich bitte schön Merrie fragen und mich damit noch mehr quälen? Nee, das mache ich nicht! Ich bin doch nicht bescheuert!«

»Musst du selbst entscheiden«, schloss Lou. »Aber wenn ich du wäre, würde ich es jetzt ganz genau wissen wollen. Hat er sie geküsst? Okay, das ist megascheiße, und ich bin ganz bei dir. Oder hat er nur so getan, weil er betrunken und eifersüchtig war und dir mal so richtig eins auswischen wollte? Ist auch total krass, gebe ich zu, aber dann ...«

»Bist du nicht mehr bei mir?«

»Jetzt lass mich doch mal ausreden! Puh! Doch,

dann bin ich auch bei dir, aber dann besteht vielleicht noch ein winziges Fünkchen Hoffnung, wollte ich sagen.«

»Nee, Lou!«, rief ich erbost. »Nee, echt nicht. Du verstehst überhaupt nicht, worum es geht!«

»Vielleicht«, gab Lou ruhig zurück. »Vielleicht ist es aber auch nicht so dramatisch, wie du jetzt glaubst.«

»Und wenn doch?«

»Dann hast du wirklich ein Problem, Jannah.«

16
Olivgrüne Schwachstelle

Mit sehr mulmigem Gefühl stieg ich die vertrauten Stufen in den ersten Stock hoch. Der Jäger auf dem Gobelinbild über mir schien seinen Pfeil nicht auf den Hirsch, sondern auf mich zu richten. Meine Kehle war trocken, obwohl ich ständig schluckte. Doch das brachte nichts. Ich fühlte mich wie in der Wüste, wie in meinem Traum. Schwitzte auch genauso. Ich hatte Merrie angerufen, nicht um ihr diese Frage zu stellen, sondern um zu erfahren, wie die Lage zu Hause war.

So nett hatte Merrie noch nie mit mir gesprochen. Noch nie. Ich hatte sie geweckt, und normalerweise war das allein Grund genug zu zicken. Doch Merrie war äußerst behutsam mit mir.

»Warte mal«, sagte sie leise. »Ich geh gucken.«

Sie legte das Telefon zur Seite, und im Hintergrund ertönte das zarte Stimmchen von Croc. Sie hatte ihre Zimmertür wohl offen gelassen, und ich konnte hören, dass er weinte. Vor Rührung zog sich mir alles zusammen. Armer kleiner Croc. Eben noch geschützt im warmen weichen Bauch, jetzt in dieser kalten grellen chaotischen und seltsamen Welt, die keiner verstand. »Du schaffst das«, wisperte ich tonlos ins Handy. »Ich helfe dir.« Wie lächerlich, ich kam ja selbst nicht klar!

»Jannah?« Merrie war wieder dran.

»Ja.«

»Ken ist da, schläft aber wie ein Toter. Du kannst deine Sachen holen, der wacht vor heute Nachmittag nicht auf.«

»Sss«, machte ich abfällig. Natürlich nicht, weil er mit seiner Ische abgefeiert hatte, bis zum Gehtnichtmehr.

»Ja, danke, Merrie. Dann fahre ich jetzt los.«

»Okay, bis gleich. Soll ich dir schon mal was raussuchen?«

»Du weißt doch gar nicht, wo was ist.«

»Also bitte, Shetani«, kicherte Merrie, »langsam müsstest du wissen, wie gut ich mich in deinem Zimmer auskenne. Ich finde alles.«

»Stimmt.« Unwillkürlich musste ich schmunzeln. »Ganz vergessen.«

Ich kam mir vor wie eine Fremde, als ich den Schlüssel im Schloss drehte, die Tür öffnete und eintrat, dabei war es keine vierundzwanzig Stunden her, dass ich gegangen war. In völlig anderer Stimmung. Es war still in der Wohnung. Kens Schuhe lagen übereinander neben seiner Jacke auf dem Boden. Er schien alles nur abgestreift zu haben.

Unter seiner Jacke lugte die Rose von Candice hervor, schlaff und welk.

Ein neuer gelbgrüner Geruch hing in der Luft. Leicht und frisch und limonig. Das war Croc. Merrie streckte den Kopf aus ihrer Zimmertür.

»Hi«, wisperte sie grinsend. »Na, überlebt?«

Ich mochte ihren Humor. Manchmal passte einfach nichts anderes.

»Gerade so«, sagte ich. »Eigentlich wollte ich mich vors nächste Auto schmeißen, aber dann dachte ich, da gehört ja wohl eher dein Bruder hin.«

»Aber echt!«, nickte Merrie. »Der ist voll gestört. Sei froh, dass du ihn los bist.«

Obwohl sie sich auf meine Seite schlug, konnte ich mich nicht freuen. Obwohl sie recht hatte, tat mir der Satz weh. Ich war nicht froh, ihn los zu sein. Ganz und gar nicht.

»Wo ist der Kleine?«, fragte ich, und Merrie ruckte mit dem Kopf in Richtung Schlafzimmer. »Sind gerade alle drei eingeschlafen.«

»Warst ... warst du dabei?«

»Bist du verrückt? Nein!« Entsetzt riss Merrie die Augen auf und wedelte mit den Händen, als müsse sie etwas Ekliges abwehren. »Das viele Blut und das ganze andere Zeugs, uäh ...« Sie schüttelte sich, dass ihre Locken um ihr dunkles Gesicht tanzten. »O mein Gott, nein, schrecklich!«

Mir war schon fast nach Lachen. »Hätte mich auch sehr gewundert.«

»Zum Glück war alles vorbei, als ich kam«, sagte Merrie und schüttelte sich erneut. »Ich hab nur das Bettlaken in einem Müllsack gesehen. Voll das Gemetzel! Widerlich!«

»So ist das halt bei einer Geburt«, sagte ich und wunderte mich, dass es mich im Gegensatz zu ihr überhaupt nicht abstieß. Vielleicht weil mein Vater seit meiner Kindheit haarklein von blutigen Operationen erzählt hatte? Weil ich abgehärtet war?

»Ich geh mal rüber.« Leise öffnete ich die Tür zum Schlafzimmer. Sepp lag links, meine Mutter rechts im Bett. In ihrer Mitte ein winziges Bündel. Ich schlich näher heran, um ihn ansehen zu können. Croc. Aus dem Kissen guckte sein hellbraunes, feingeschnittenes Gesicht heraus. Eine Mütze verbarg seine Haare, falls er denn schon welche besaß. Seine Nase wirkte ein wenig schmaler als die von Sepp und Ken, doch das energische Kinn und die geschwungenen Lippen verrieten seine Herkunft eindeutig. Er sah aus wie Baby-Ken mit hellerer Haut. Perfekt und sehr süß. Im Schlaf spreizten sich seine langen dünnen Finger mit den allerkleinsten Fingernägeln auseinander, um sich gleich wieder zu Fäustchen einzurollen. Zuckersüß.

Sepp hielt meine Mutter im Arm und schnarchte sie an. Meine Mutter schien das nicht zu stören. Vielleicht war sie aber auch einfach nur zu erschöpft, um es zu merken. Die Anstrengungen der Nacht konnte ich ihr deutlich ansehen. Sie war blass, und ihre dunklen Haare klebten zerzaust und strähnig an ihrem Kopf. Trotzdem hatte sie einen entspannten Zug im Gesicht. Ein unsichtbares Lächeln. Und ein Stück vom Glück.

Die drei waren die Familie, die wir so nie werden würden, nie werden konnten, weil es so war, wie es war. Sie waren die echte Familie, und Merrie, Ken und ich die Ableger der Abgelegten. Überbleibsel aus einer Vergangenheit, die unsere Eltern manchmal bestimmt gern ungeschehen machen oder zumindest zeitweise vergessen würden. Doch mit uns war das unmöglich. Wir erinnerten sie daran, dass sie Fehler gemacht hatten, schwerwiegende, folgenreiche Fehler. Wir erinnerten sie tagtäglich daran, dass sie gescheitert waren.

Crocs Lider flatterten unruhig. Langsam öffneten sich seine Augen, und seine Lippen schoben sich erwartungsvoll nach vorn. Als er jedoch merkte, dass es nichts zu nuckeln gab, begann er zu wimmern.

»Croc«, wisperte ich kaum hörbar. »Croc.«

Sofort hielt er inne und schien zu lauschen,

woher die Stimme kam. Er war richtig wach. Fasziniert beobachtete ich, wie lebhaft sich seine kleinen Hände bewegten und wie er dann den Mund erneut verzog, weil nichts passierte.

Bei seinem nächsten Ton schlug meine Mutter mühsam die Augen auf. »Jannah!«, flüsterte sie freudig und griff nach meiner Hand. »Da bist du ja, Güzelim! Wie geht's dir denn? Merrie hat gesagt ...«

»Alles gut, Anne«, lächelte ich traurig. »Kam ein bisschen viel zusammen gestern. Aber das ist jetzt erst mal egal.« Ich sah zwischen Croc und ihr hin und her. »Er ist so niedlich.«

»Ja, nicht wahr?« Liebevoll ruhte ihr Blick auf ihrem Sohn, dessen Wimmern nun lauter wurde.

»Hat er Hunger?«, fragte ich.

»Nein«, flüsterte meine Mutter. »Ich hab ihn bis eben gestillt. Magst du ihn mal kurz halten? Er beruhigt sich bestimmt gleich wieder.«

»Ja, gern.« Behutsam hob ich das Kissen zwischen meiner Mutter und Sepp heraus. »Schlaf noch ein bisschen, ich mach das schon.«

»Oh, du bist wunderbar, Hayatım!« Dankbar lächelte meine Mutter, als ich mit meinem Bruder im Arm das Schlafzimmer verließ. Seine großen dunkelblauen Augen waren auf mich gerichtet. Ob er mich erkennen konnte?

»Hey«, sagte ich leise und erwiderte seinen ernsten Blick. »Herzlich willkommen, Kleiner. Ich bin Jannah, deine zweite Schwester.«

Langsam ging ich mit Croc über den Flur. »Da wohnt Merrie«, sagte ich. »Die kennst du ja schon. Und hier, guck mal, hinter der Tür, da wohnt dein großer Bruder. Er ist ein dummes Arschloch, aber ich fürchte, ihr werdet euch mögen.«

Croc streckte erst seine Zunge heraus, dann lächelte er das süßeste Lächeln, das ich, abgesehen von Kens, jemals gesehen hatte. Das war bestimmt nur ein Reflex, Neugeborene lächelten nicht, oder?

Ich setzte mich ins Wohnzimmer und schlug die Beine so übereinander, dass er darin liegen konnte wie in einer Wiege. Sanft schaukelte ich hin und her. Crocs Augen waren immer noch geöffnet. Er schien zu merken, dass ich jemand anderes war, aber doch irgendwie dazugehörte.

»Du bist ein Sonntagskind«, flüsterte ich. »Wusstest du das? Und wusstest du, dass Sonntagskinder Glückskinder sind?« Ich seufzte. »Wenn ich schon keins mehr bin, dann bist du es wenigstens.«

Bewundernd betrachtete ich sein glattes ebenmäßiges Gesicht, das kein bisschen zerknittert aussah, wie ich es bei einem Neugeborenen erwartet hätte. Vorsichtig schob ich seine Mütze über der Stirn hoch. Croc hatte Locken, hellbraune flaumige Löckchen! Ich nahm die Mütze ab. Sein ganzer Kopf war voller Locken, er sah aus wie Karamell und Honig. Dieser Junge würde sämtliche Mädchenherzen im Umkreis von Kindergarten, Schule und der ganzen weiten Welt im Sturm erobern, das war mal sicher! Als ich meinen Finger an seine Hand hielt, griff Croc sofort zu und umklammerte ihn fest. Ich lächelte. Mein kleiner Bruder. Ob auch er Worte und Musik mit Farben verband? Ob auch er diese Gabe geerbt hatte?

»Hey, Croc, kannst du das auch?« Ich sah ihn an. »Croc. Siehst du was, wenn ich Croc sage? Croc, das ist Gelbgrün, findest du nicht? So limettig, stimmt's?«

Croc schloss die Augen und öffnete den Mund zu einem herzhaften Gähnen. Danach hing sein Blick nur noch auf Halbmast. Er schien schon fast zu schlafen, mit halboffenen Augen. Wie Ken, dachte ich und schob den Gedanken sofort weg. Quatsch. Croc war ein Baby, ein neugeborenes Baby. Gerade ein paar Stunden alt. Er machte noch nichts wie irgendjemand, überhaupt gar nichts.

»Bist du müde?«, flüsterte ich. »Ja, natürlich. Komm, ich bringe dich zu unserer Anne.« Sachte hob ich ihn von meinen Beinen und stand auf. »Wir haben nämlich dieselbe Mama, weißt du? Aber gewöhn dich lieber gleich an Anne. Das ist Türkisch, und du bist ja auch ein Viertel davon. Du bist ein Viertel türkisch, ein Viertel afrikanisch und halb deutsch. Verrückt, was du für eine Mischung bist!«

Auf dem Weg zum Schlafzimmer war Croc eingeschlafen. Mit dem Ellbogen drückte ich die Klinke runter und schlich lautlos an die Seite meiner Mutter.

»Danke, Güzelim«, wisperte sie mit geschlossenen Augen. »Bleibst du hier, oder fährst du wieder zu Gero?«

»Ich fahre zu Papa«, flüsterte ich. »Hole nur ein paar Sachen.«

»Jannah, ich«, setzte meine Mutter an, doch ich unterbrach sie. »Jetzt nicht, Anne. Wir reden, wenn du dich erholt hast, okay?«

»Ist gut, Kızım«, sagte sie hilflos. »Tut mir so leid, ich kann gerade nichts tun.«

»Ich weiß, macht nichts.« Ich gab meiner Mutter einen Kuss. »Tschüs, ich ruf dich an.«

»Ist gut«, wiederholte sie mechanisch. »Ist gut, tschüs, Jannah.«

Die Sonne fiel durch die schmalen langen Fenster in mein Zimmer und warf an manchen Stellen bunte Muster auf den Holzboden. Mein Zimmer. Für eine Sekunde überlegte ich, doch einfach zu bleiben. Ich fühlte mich hier so wohl, in meinem Raum, mit all meinen Sachen, mit meiner Mutter,

Sepp, Merrie und Croc in der Wohnung. Es war *mein Zuhause*. Meins! Warum sollte ich mich eigentlich vertreiben lassen? Von ihm? Sollte er doch ausziehen! Sollte er doch bei seiner Mutter bleiben! Von mir aus brauchte er nie wiederkommen. Nie wieder! Nie wieder! Ich fiel auf mein Bett, vergrub das Gesicht im Kissen und merkte, dass es nicht nur nach mir, sondern auch nach Ken roch, weil ich die Bettwäsche seit unserem Nachmittagsschlaf nicht gewechselt hatte. Zart stiegen olivgrüne Schwaden auf und berührten meine Schwachstelle. Verdammter Mist! Das konnte ich jetzt gar nicht gebrauchen. Das war vorbei! Energisch atmete ich ein und aus, stand auf und griff nach meiner Schultasche unterm Schreibtisch. Geschäftig prüfte ich Bücher und Hefte, warf Stifte, Anspitzer und Radiergummi in die Schlamperrolle. Dann nahm ich die Reisetasche vom Schrank. Ich musste schlucken, als ich ein Häufchen Sand aus Bodrum darin fand. Am liebsten hätte ich wieder geweint, aber die Zeit verstrich, und ich wollte dem Schnarcher an der anderen Seite der Wand nicht doch noch begegnen. Bevor ich mein Zimmer verließ, drehte ich mich noch einmal um. Die Sonne schien auf mein Kissen und färbte die Bettwäsche oliv. Ein Lichtstrahl zog sich bis zur Tür. Feine Staubflocken schwebten darin.

»Tschüs«, sagte ich. »Ich bin nicht lange weg, versprochen.«

Als ich meine Schuhe anzog, kam Merrie dazu. »Willst du nicht hierbleiben?«

»Ich kann nicht.«

»Verstehe ich ja«, sagte Merrie. »Aber warum musst du gehen, wenn er Scheiße baut?«

»Weil er hier im Bett liegt und ich ihn auf gar keinen Fall sehen will«, erwiderte ich. »Ich weiß nicht mal, ob ich morgen zur Schule komme. Der läuft mir doch da ständig über den Weg.«

»Aber du kannst ja schlecht bis zu den Sommerferien schwänzen, wie willst du das dann machen?«

»Keine Ahnung«, seufzte ich. »Weiß ich noch nicht.«

»Würdest du bleiben, wenn ich dir erzählen würde, dass mein Fashionclip im Kino läuft und wir heute reingehen wollen?«

»Was?« Erstaunt sah ich Merrie an.

»Ja«, nickte sie stolz. »Tamara hat mir eine Nachricht geschickt. Der Clip läuft seit vier Tagen.«

»Kriegst du keine DVD?«

»Doch, schon«, druckste Merrie, »aber das dauert noch, und im Kino, auf der großen Leinwand kommt das viel besser.«

»Wer geht denn mit?«

»Na, eigentlich wollte ich mit euch allen zusammen. Aber erst kam little Liam dazwischen und dann die Sache mit euch beiden. Ich seh mich da schon mit meinem Vater alleine sitzen.«

»Ich fürchte, das ist realistisch«, grinste ich. »Obwohl ich den Film unbedingt sehen will. Nur nicht, wenn dein Bruder dabei ist.«

»Boah, das nervt«, schimpfte sie. »Dass der immer so querschießen muss!«

»Allerdings«, sagte ich.

»Bitte, Jannah, bleib doch.« Es war das erste Mal, dass Merrie mich um etwas bat, das hatte es noch nie gegeben, und ich geriet kurz wirklich ins Schwanken. Sollte ich ihr zuliebe? Merrie sah mich an, so offen und ehrlich, dass ich mich fragte, warum wir so lange gegeneinander gekämpft hatten. Ich mochte sie, und ich sah, dass sie mich auch mochte. Irgendwie hatten wir uns gefunden.

Aber ich wusste, dass ich es so kurz nach diesem Ereignis nicht schaffen würde, Ken gegenüberzutreten. Unmöglich.

»Würde ich wirklich gern, Merrie«, sagte ich und nahm ihre Hände in meine. Auch das hatte es noch nie gegeben. »Aber Ken hat mich so verletzt, ich brauche etwas Abstand, ich schaff das heute einfach nicht.«

»Und was soll ich dann hier ganz alleine?« Merrie ließ den Kopf hängen. »Die kleine Familie hockt in ihrer Puppenstube, von Ken will ich nichts mehr wissen ...«

»Was ist denn mit Candice?«, fragte ich. »Kann die nicht mitgehen?«

»Ach, Candy«, schnaubte Merrie. »Die ist mir zu oberflächlich geworden mit ihrem Chanel-Hollister-Krams. Außerdem klebt jetzt dauernd Frederick an ihr dran.«

Ich unterdrückte ein Lächeln. Wieder ein Beweis, dass man die Hoffnung nie aufgeben sollte. Das machte mich wagemutig.

»Sag mal, hat er ... also, ich meine, hat er sie ... na, du weißt schon.«

»Geküsst?« Merrie grinste hinterlistig. »Ich glaube nicht. Ich hab es zwar nicht ganz genau gesehen, weil, als ich ihn angebrüllt habe, hat er sie losgelassen und ist gegangen. Also wenn, dann hat er sie nur gestreift.«

»Echt?« Schlagartig schielte ein kleines Gefühl der Erleichterung um die Ecke. »Bist du sicher?«

»Nee«, sagte Merrie. »Hab ich doch gesagt. Ich weiß nicht, ob er sie geküsst hat oder nicht. Ist doch auch egal, die ganze Sache war einfach nur völlig krank.«

»Und ... und.« Tausend neue Fragen drängten sich mir auf. »Hast du noch was gesehen?«

»Hallo? Wie denn? Ich bin doch mit dir raus!«

»Ja, ja, klar«, haspelte ich. »Ich dachte nur, du hättest ...«

»Nein.« Ein übertrieben lautes Gähnen aus dem Nachbarzimmer unterbrach Merrie, und ich zuckte zusammen.

»Oooh! Der steht gleich auf! Tschüs.«
Ich nahm Merrie in den Arm.

»Und du bist echt nicht sauer auf mich wegen dem Zauber und so?«, flüsterte sie.

»Nee«, versicherte ich. »Das wäre alles auch so passiert. Das musste, glaub mir!«

17
Der Dänemark-Deal

Noch bevor ich Hollywood erreicht hatte, brummte eine SMS in meiner Tasche. Von Ken! Sein Wo willst du hin? sprang vom Display direkt in mein Herz, und es hämmerte los. War der verrückt? Als hätte ich mich an meinem Handy verbrannt, ließ ich es sofort zurück in sein Fach gleiten. Hektisch drehte ich mich zum Haus um, suchte die Fenster im ersten Stock nach ihm ab. Stand Ken da etwa irgendwo und beobachtete mich? Was sollte das? Was stand in der Nachricht, die ich nicht lesen konnte, weil sich in mir alles drehte und zuschnürte? Ich war so durcheinander, dass ich das Gesicht, das mir entgegenkam, erst nicht erkannte.

»Hey, Jannah!«, rief Ally fröhlich und streckte mir ihre Arme entgegen. Sie trug ein knallbuntes Maxikleid und Chucks dazu. »Ist das nicht ein herrlicher Sonntag?«

Ich sagte ihr nicht, dass der Sonntag für mich nicht herrlich war. Ich sagte gar nichts. Brauchte ich auch nicht. Ally war ja nicht blind.

»Jannah? Was ist denn mit dir?« Meine Oma

drückte mich an sich und streichelte mir so liebevoll den Kopf, dass die Erstarrung jäh zusammenbrach und ich losheulte wie in der Nacht zuvor. Ally hielt mich nur fest, wartete, bis der Strom versiegte und ich wieder Luft bekam.

»Hast du Zeit für eine Runde?« Sie sah auf ihre Uhr. Da ich ohnehin nicht wusste, was ich bei meinem Vater machen sollte, willigte ich ein. Schweigend gingen wir durch die Eilenriede, und obwohl wir einen anderen Weg genommen hatten, landeten wir wieder auf der Lichtung. Ein paar Leute lagen auf ihren Decken in der Sonne. In der lauen Luft kündigte sich schon der Sommer an, mein allerliebster Teil des Jahres. Ich bekam Sehnsucht nach der Zeit, in der noch alles harmlos und unverfänglich gewesen war. Als ich heimlich in Ken verliebt gewesen war und keiner es wusste.

»Besser?«, fragte Ally.

Ich schüttelte den Kopf.

»Was ist passiert?«

Eigentlich hatte ich mit niemandem darüber sprechen wollen, wirklich mit niemandem. Doch Merrie war dabei gewesen, Sepp und meine Mutter wussten davon, Lou kannte die ganze Geschichte, da kam es auf eine Person mehr oder weniger auch nicht an.

»Wow«, machte Ally, als ich geendet hatte. »Was für ein Paukenschlag!«

Ich beobachtete ein Paar mit zwei Kindern, die vor uns ihre Decke ausbreiteten und zig Tupperschalen um sich herum aufbauten. Die Kinder bekamen eine Möhre auf die Faust und stürmten zum Spielplatz im Schatten der Bäume.

»Was willst du jetzt tun?«, fragte Ally.

»Nichts.« Ich zuckte die Schultern. »Ich bleibe erst mal bei Papa, mehr weiß ich auch nicht.«

»Das ist aber auch ein Stiesel!«, schimpfte Ally. »Wie kann man nur so dusselig sein!«

»Stiesel ist viel zu schmeichelhaft, der ist was ganz anderes.«

Eins von den Kindern kam mit hocherhobener, panierter Möhre zu den Eltern zurückgelaufen und beschwerte sich über den Bruder, der sie in den Sand geworfen hätte.

»Ach«, winkte Ally ab. »Im Grunde ist er nur unsicher und überspielt das, indem er so tut, als hätte er was zu melden.«

Ich musste lachen. »Stimmt!«

»Er hat keine Ahnung, wo er in der Welt steht.«

»Nein, das hat er nicht«, grinste ich und fühlte mich gleich eine Spur besser. Ally hatte recht. Auch wenn Ken mir herbe weh getan hatte, auch wenn ich mir dabei eine ordentliche Beule geholt hatte, würde ich nicht untergehen. Das spürte ich. Ich war immer noch das Glückskind Jannah Kismet! Ich würde niemals untergehen. Niemals!

»Warst du vorhin auf dem Weg zu Gero?«, fragte Ally.

»Ja«, sagte ich. »Und du zu Wolfgang?«

»Ja«, lächelte sie. »Wir wollen uns eine Wohnung angucken.«

»Wieso?«, fragte ich erstaunt. »Du wolltest doch ...«

»Ach, na ja, weißt du, ich habe mich doch für eigene vier Wände entschieden.« Ally lächelte. »Ich will nicht riskieren, dass Wolfgang und ich uns trennen, nur weil ich nicht kompatibel bin. Dafür ist er mir zu wichtig.«

»Das ist doch mal eine Einsicht«, grinste ich. »Ziehst du denn wenigstens nach Hannover?«

»Ja, das ist der Plan«, sagte Ally. »Ich ziehe hier in die Nähe, aber jeder hat eine eigene Wohnung.«

»Guter Plan«, nickte ich. »Passt auch besser zu dir.«

»Denke ich auch!«

Und dann erzählte ich Ally von Croc und der Hausgeburt. Wie süß er war, mit seinen Locken und der braunen Haut. Sie war ähnlich bewegt wie ich und stellte so viele neugierige Fragen, dass ich wusste, Ally würde auch für Croc eine Oma sein, obwohl sie für Babys sonst nicht viel übrighatte und dieses nicht ihr leiblicher Enkel war. Doch sie würde zwischen uns keinen Unterschied machen.

»Meinst du, dass Croc unsere Gabe geerbt hat?«, fragte ich.

»Von mir kann er ja nichts geerbt haben«, sagte Ally. »Aber vielleicht gibt es in der Ahnenreihe von Suzan oder Sebastian noch andere Synästhetiker?«

»Stimmt.«

»Wie heißt er denn nun? Croc?«

»Liam, aber für mich Croc«, sagte ich. »Von Anfang an. Schon als Anne mir gesagt hat, dass sie schwanger ist.«

»Witzig«, lachte Ally. »Als ich erfuhr, dass ich mit deinem Vater schwanger war, kam mir sofort Mikko in den Sinn. Bis zur Geburt war er nur Mikko für mich und wäre es auch für alle Zeiten geblieben, wenn dein Opa es nicht verhindert hätte. Er musste dabei immer an Mikado denken.«

»Warum habt ihr Papa nicht einfach zwei Namen gegeben?«

»Dein Opa hat die Papiere für die Geburtsurkunde erledigt und Mikko beim Eintrag ins Register vergessen.«

»Vergessen?«

»Hat er gesagt.« Ally stand auf. »Egal. Gero ist auch ein schöner Name, oder? Wollen wir? Ich bin schon seit einer Stunde mit Wolfgang verabredet.«

»Ist gut.« Ich nahm meine Tasche. »Welche Farbe hat Mikko?«

»Gelb«, lächelte Ally. »Sonnengelb.«

»Genau«, lächelte ich. »Sommersonnengelb.«

Wir gingen über den Hauptspazierweg zurück, der an meiner Busstation vorbeiführte. Bei dem schönen Wetter waren viele Menschen in der Eilenriede unterwegs. Ein Radfahrer neben uns fluchte, weil ein nichtangeleinter Hund direkt vor ihm stehen blieb und er scharf bremsen musste. Der Hund guckte ihn lange an. Nachsichtig, als wollte er sagen, nun hetz doch nicht so, es ist schließlich Sonntag. Die stumme Botschaft schien beim Radfahrer anzukommen, denn er lachte plötzlich und fuhr entspannt davon. Der Hund drehte mit schwingendem Schwanz ins Gebüsch ab.

»Wie geht es eigentlich deiner Freundin?«, fragte Ally. »Ist sie noch mit ihrem Freund zusammen?«

Ich schüttelte den Kopf und berichtete von Lous Trennung und Pepes enger Freundschaft zu Jarush.

»Alle Achtung«, sagte Ally anerkennend. »Ich bin beeindruckt, wie reif die drei damit umgehen. Toll!«

»Sehr toll!«, schnaufte ich. »Jetzt hat sie gar keinen.«

»Natürlich ist das schmerzhaft«, bestätigte Ally. »Aber Lou bleibt sich treu und geht keine schlappen Kompromisse mehr ein. Das ist nicht nur mutig, sondern bringt sie auch einen entscheidenden Schritt weiter; gerade nach der langen Zeit, die sie mit Jarush hatte.«

»Und wenn Jarush doch ihre große Liebe ist?«

»Dann kommen die beiden wieder zusammen«, sagte Ally.

»Und wenn Pepe eigentlich ihre große Liebe gewesen wäre, aber nicht werden kann, weil ihm Jarush wichtiger ist?«

»Dann werden sich die Dinge so fügen, dass sich die beiden irgendwann wiederbegegnen und eben später ein Paar werden.«

»Wie kannst du dir da so sicher sein?«

»Weil sich Gleiches und Gleiches anzieht«, sagte Ally. »Nach dem Gesetz funktioniert unsere Welt.«

»Verstehe ich nicht.«

»Dann anders: Liebe ist die größte Kraft, Jannah. Das ist pure Energie. Wenn beide das Gleiche füreinander empfinden, die gleiche Energie aussenden, werden sie sich immer wieder gegenseitig anziehen. Sie können sich weder verfehlen noch vergessen, wenn sie sich mal begegnet sind.«

Ich konnte Kens Lächeln nicht vertreiben, das vor mir erschien. Auch nicht die Gänsehaut, die mich überlief, weil ich wieder *Ich liebe dich, Kismet* hörte.

»Und für dich ist es Wolfgang?«, mutmaßte ich.

»Ja«, bestätigte Ally. »Ich wusste immer, dass es diesen Einen irgendwo gibt und dass ich ihn irgendwann finde. Dafür bin ich um die ganze Welt gereist, habe wichtige Erfahrungen gemacht und ihn schließlich in der Stadt gefunden, in der ich geboren wurde. Und nun schwingen ein Mann und ich zum ersten Mal im Gleichklang. Wir sind beieinander angekommen.« Meine Oma lächelte und wirkte plötzlich sehr jung.

»Das hört sich schön an«, sagte ich leise. »Zu schön.«

»Deine große Liebe kannst du nicht verlieren, Jannah, glaub mir. Sie ist Teil von dir und ihm zugleich. Sie gehört euch beiden.«

Ally sah mich lange an.

»Willst du nicht mal mit ihm …?«

»Sprechen? Auf keinen Fall!«, protestierte ich sofort. »Auf gar keinen Fall!«

»Der Junge wird sich an dir noch die Zähne ausbeißen«, seufzte Ally gespielt verzweifelt. »Das ist so sicher wie das Amen in der Kirche.«

Mein Vater war noch nicht zurück, als ich in die Wohnung kam. Ich stellte das Radio an und gleich wieder aus, weil ein Stück von Craig David lief. Planlos wandelte ich durch die grossen Räume, trank ein Glas Wasser, biss in einen mehligen Apfel, den ich zurücklegte, und ging aufs Klo, nicht ohne zuerst den Deckel zu untersuchen. Seit meinem Erlebnis in Pamukkale, bei dem eine Spinne hinter mir gesessen hatte, konnte ich nicht mehr zur Toilette gehen, ohne nach versteckten Krabblern zu fahnden. Ich hatte danach nie wieder eine auf dem Örtchen gesehen, aber gucken musste ich. So viel Zwang musste sein.

Für meine Sachen hatte mir mein Vater eine alte Weinkiste aus Holz ans Sofa gestellt. Während ich die Tasche leerte, glitt meine Hand immer wieder über das Handyfach. Ich konnte es nicht herausnehmen. Einerseits brannte ich darauf zu erfahren, ob und was Ken mir ausser dem Satz geschrieben hatte, den ich schon kannte. Andererseits hatte ich regelrechte Panik davor, etwas zu lesen, was mich noch mehr verletzen würde.

Um mich abzulenken, schaltete ich den Fernseher ein und blieb nach langem Gezappe bei einer Sendung hängen, in der von einem Schüleraustausch nach Kanada berichtet wurde. Neidisch hörte ich zu, wie das Mädchen von Vancouver Island schwärmte, wo sie für ein Jahr zur Schule ging. Das wäre was für mich gewesen. Raus, weg hier, Abstand. Viele, viele Kilometer, reichlich Wasser und noch mehr Luft zwischen ihm und mir.

Wieder rauschte eine SMS herein, und ich zuckte vor Schreck zusammen. Ob die auch von Ken war? Zögernd betastete ich die Tasche, als wäre ein bissiges Tier darin. Früher oder später würde ich es eh benutzen müssen. Entschieden stieß ich den Atem aus. Lieber später.

Ich stand auf und sah aus dem Fenster. Der Bürgersteig auf der anderen Straßenseite war voll besetzt. Das Café hatte Tische und Stühle rausgestellt, und alle, alle schienen gute Laune zu haben. Ich war bestimmt der einzige Mensch in Hannover, der gerade in einer stickigen Wohnung vor dem Fernseher saß, während sich die ganze Stadt draußen tummelte. Ich bekam Hunger, als die Bedienung mit großen, buntbelegten Baguettes auf einen der Tische zusteuerte. Wann hatte ich eigentlich zum letzten Mal etwas gegessen? Gestern Abend! Auf der Party! Kein Wunder, dass mir so schwummrig war.

Im Kühlschrank fand ich Käse und Tomaten, auf der Anrichte lag mein hartgekochtes Ei und das Brötchen vom Frühstück. Doch nach ein paar hastigen Bissen war ich satt. Liebeskummerdiät. Funktionierte immer, ohne jede Anstrengung. Die Anstrengung bestand eher darin, etwas zu essen, um nicht umzufallen. Sollte ich Agostino mal empfehlen. Nur welches Mädchen würde sich in Agostino verlieben? Da war ja nicht mal die Grundvoraussetzung für den darauf folgenden Kummer gegeben.

Unruhig zappte ich mich weiter durch die Programme und warf immer wieder nervöse Blicke auf meine Tasche. Sie schien zu leuchten und zu vibrieren, als hätte sie tatsächlich ein Eigenleben. Mein Herz kam vor lauter Pocherei gar nicht mehr zur Ruhe. »Okay«, sagte ich schließlich. »Du hast gewonnen.«

In dem Moment kam mein Vater nach Hause, und ich zog meine Hand zurück. »Hey, Stubenhockerin, hoch mit dir, wir gehen was essen!«

Ich sah an seinem gebräunten Gesicht, dass er in der Sonne gesessen hatte. Seine blauen Augen strahlten. Am Arm hing sein Motorradhelm.

»Ich hab keinen Hunger«, sagte ich.

»Aber ein Eis geht noch, oder?«

»Na gut.« Widerstrebend erhob ich mich und schlüpfte in meine Espadrilles. Die Tasche ließ ich liegen. »Wir fahren aber nicht mit dem Motorrad, oder?«

»Nein.« Mein Vater legte den Helm ab. »Lass uns zu Fuß gehen. Ich muss mich mal ein bisschen bewegen, bevor ich mich wieder irgendwo hinsetze.«

Das Eiscafé war neu und nicht weit von seiner

Wohnung entfernt. Mit unseren Eiswaffeln setzten wir uns auf die Steinstufen an der Lutherkirche.

»War es nett mit deinem Freund?«, fragte ich.

»Sehr nett«, grinste mein Vater. »Jason hat mich für den Sommer eingeladen, ihn in Santa Cruz zu besuchen.«

»Nein!« Ich fuhr zu ihm herum. »Echt? Kann ich mit?«

Mein Vater lachte. »Noch steht nichts fest. Ich denke drüber nach, denn eigentlich wollte ich mit Valerie nach Dänemark fahren.«

»Näh«, machte ich. »Das ist doch stinklangweilig. Dänemark!«

»Och«, widersprach mein Vater. »Dänemark ist schon schön.«

»Aber nicht so megaoberhammer wie San Francisco.«

»Immer mit der Ruhe, Jannah. Erstens ist es Santa Cruz und nicht San Francisco, zweitens kann ich das nicht allein entscheiden, und drittens weiß ich noch gar nicht, ob ich da hinwill.«

»Du weißt nicht, ob du nach San Francisco willst?«, fragte ich fassungslos. »Alles klar, Papa?!«

»Okay, Deal«, grinste mein Vater. »Du erzählst mir, warum du mitten in der Nacht völlig verstört bei mir aufkreuzt, und ich überlege mir, ob wir dieses Jahr eventuell in die Staaten fliegen.«

18
Zappeln an der Wurfscheibe

»Boah, ich kill dich, wenn das klappt!«, rief Lou, die ich in meiner Aufregung sofort anrief. Über das Festnetz natürlich. »Will auch mit!«

»Mann, Lou, das wäre so perfekt!«, schwärmte ich. »Sommerferien in San Francisco, das wäre einfach ...«

»Die beste Lösung!«, unterbrach mich Lou. »Hallo? Warum krieg ich nie so eine Chance?«

»Es ist ja noch nicht sicher«, lachte ich. »Aber es könnte sein, ein wenig Hoffnung besteht.«

»Das klappt bestimmt«, schimpfte Lou. »Bei dir klappt immer irgendwie alles.«

»Ja, genau«, gab ich bissig zurück. »*Mein toller Freund* betrügt mich an seinem Geburtstag vor allen Leuten mit dem Mädchen, in das er seit der Sintflut verliebt ist, und bei mir klappt alles? Hab ich die Sehschwäche oder du? Und wenn du jetzt sagst, dass es nur auf die Perspektive ankommt, dann schreie ich, dass dir die Ohren abfallen!«

»Hey, krieg dich mal wieder ein, Jannah Kismet! Du bist nicht die Einzige auf diesem Planeten, die ein Problem hat, ja?«

»Dann rede du auch nicht so einen Mist, Lou!«, sagte ich etwas versöhnlicher, weil ich sie schon verstehen konnte. Es ging uns beiden nicht besonders. Unsere Nerven lagen blank. Ihre genauso wie meine. Jede von uns würde so eine Auszeit jetzt genießen. Ich betete, dass ich mich meinem Vater nicht umsonst anvertraut hatte, dass er es sich ernsthaft überlegen würde. Und ich hoffte natürlich auch, dass meine Geschichte dieses Mal bei ihm gut aufgehoben sein würde.

Er hatte gefragt, was mit dem DJ gewesen sei, ob ich Ken bewusst provoziert hätte. Ich hatte »ja klar« geantwortet, weil er mir zuvor eine Szene wegen Sayan und der Kette gemacht hatte.

»Tja«, hatte mein Vater nachdenklich gesagt. »Das ist echt dumm gelaufen.«

Mitten in der Nacht wachte ich auf, weil mir einfiel, dass ich den Deutschaufsatz zu morgen nicht geschrieben hatte. In den vergangenen Tagen hatte ich eh nichts für die Schule getan, rein gar nichts. Vielleicht sollte ich doch lieber krank sein, solange mein Vater noch Verständnis dafür haben würde?

Wie spät war es eigentlich? Ich griff nach meinem Handy und erstarrte. Vierundzwanzig neue Nachrichten. Ken, Ken, Ken, Ken, Ken, nur sein Name. Meine Hand zitterte, während ich versuchte wegzugucken, während ich gleichzeitig versuchte, etwas zu entziffern, obwohl mir die ersten Sätze grell in die Augen stachen. Ich war blind. Alles verschwamm. Die Worte versteckten sich hinter dunklen Hieroglyphen. Mühsam holte ich Luft und merkte, dass ich eine Weile nicht geatmet hatte.

Wieso bist du abgehauen?, lautete eine Nachricht. **Jetzt geh endlich ans Telefon!**, eine andere. Mit zitternden Fingern fuhr ich bis zur ersten. **Wo willst du hin? Warum hast du mich nicht geweckt? KK.** Ungläubig schüttelte ich den Kopf und las die nächsten. **Ey, Kismet mach jetzt keinen Stress, ok?** So dreist, was dachte der sich denn? **Komm nach Hause, dann reden wir.** Als ob ich mit ihm reden wollte! **Mann, was soll ich denn noch schreiben? Ruf zurück!** So schon mal gar nicht! **Jannah, geh ans Telefon! Ruf mich an, bitte!** Er bekam eine Ahnung. **Ich weiß, dass ich etwas zu viel hatte und dass alles nicht so super war.** Richtig! **Jannah, wo bist du? Ich dreh gleich durch! Ruf mich bitte an, BITTE!** Schon besser. **Können wir reden? Nur reden, ok? Bitte!** So langsam begriff er doch. **Ich lass dich jetzt in Ruhe. Das ist es doch, was du willst, oder? Ist es das? War es das mit uns? War es das mit uns? Es tut mir leid, Jannah! Ich will das nicht. Ich will nicht, dass es vorbei ist. Bitte sprich mit mir!** Warum küsst du sie dann, du Idiot? **Ich fahre jetzt zu meiner Mutter und bleibe da. Du kannst nach**

Hause kommen. Gut! Sehr gut! Nur eins noch, dann lass ich dich, versprochen. Mit ihr war nichts. Ich liebe dich, KK.

Wieder verschwammen die Worte vor meinen Augen, ich legte das Handy weg und wischte mir über die nassen Wangen. So eine Scheiße! So eine verdammte Oberscheiße! Was sollte ich tun? Was? Ich zog mir die Decke über den Kopf und rollte mich darin ein wie ein Igel. Mein Herz tat so weh, dass ich bei jedem seiner heftigen Schläge dachte, es müsse doch ein scharfer Gegenstand drinstecken. Nein, nicht einer, viele. Messer, Dolche, scharfe Klingen. Ganz viele. Ich war an einer Wurfscheibe festgenagelt und wurde bei jeder Bewegung daran erinnert. Und niemand konnte mir helfen. Ich würde jeden einzelnen Nagel selbst entfernen müssen. Jeden einzelnen.

Als der Wecker am Morgen bimmelte, wusste ich erst nicht, wo ich mich befand. Meine Augen waren vom vielen Weinen verklebt und verquollen. Trotzdem beschloss ich, zur Schule zu gehen. Ich konnte es mir nicht leisten, einen Tag zu versäumen, dafür waren die Zeit bis zu den Ferien zu knapp und meine Noten nicht gut genug. Mein Vater stand auf, um mir einen Kakao zu machen, und legte sich dann wieder hin, weil er erst später ins Krankenhaus musste. Ich sagte ihm, dass ich noch nicht wisse, ob ich am Nachmittag wiederkommen oder in den Magnolienweg gehen würde.

Er umarmte mich fest und sagte, dass ich kommen könne, wann immer ich wolle. Er sagte, dass er mir einen schönen Tag wünsche und dass sich das mit Ken schon regeln würde. Er sagte, er sei davon überzeugt, dass ich das Richtige tun würde. Und er sagte, dass er ziemliche Lust hätte, mit mir in die Staaten zu fliegen.

»Du bist ja doch da!«, rief Merrie, die ich vor dem Schultor traf. »Du kannst übrigens zurückkommen. Ken ist bei unserer Mutter.«

»Ich weiß«, nickte ich.

»Woher?«

»Er hat's mir geschrieben.«

»Und ...« Mit ihren großen schwarzen Augen sah Merrie mich an. »Hat er sonst noch was geschrieben?«

»Ja«, sagte ich. »Eine Menge.«

»Hoffentlich checkt der jetzt endlich mal, dass er mit anderen nicht machen kann, was er will.«

»Du bist ja optimistisch.«

»Was hat er denn geschrieben?«

»Ach, dass es ihm leidtut und dass mit ihr nichts war und so.«

»Gib bloß nicht gleich nach!«, riet Merrie. »Lass den zappeln!«

»Wie kommst du denn darauf?« Ich sah sie verständnislos an. »Ich habe gar nicht die Absicht nachzugeben. Wüsste gar nicht, wie.«

»Hast du ihm geantwortet?«

Ich schüttelte den Kopf, und Merrie klopfte mir anerkennend auf die Schulter. »Gut so! Nichts machen. Geschieht ihm recht.«

»Ist er in der Schule?«, fragte ich.

»Weiß ich nicht«, gab Merrie zurück. »Ich war ja im Magnolienweg, aber es könnte sein, dass er sich heute schenkt, weil meine Mutter bei ihrem Freund ist.«

»Ist der nett?«

»Joah«, machte Merrie. »Ich glaub schon. Hab ihn bisher nur zwei-, dreimal gesehen. Aber ganz ehrlich, der ist mir egal. Ich hab ja meinen Vater.«

»Was ist mit deinem Clip?«, fragte ich. »Wart ihr im Kino?«

»Natürlich nicht«, murrte Merrie. »Suzan konnte ja nicht, und mein Vater wollte bei ihr bleiben. Ken habe ich gar nicht erst gefragt.«

»Dann gehe ich mit dir«, versprach ich. »Egal, ob die anderen mitkommen.«

»Echt?« Merries Augen leuchteten auf. »Wann?«

»Morgen?«

»Jaaa!«

Zeitgleich mit Herrn Borke traf ich am Klassenraum ein. Merrie hob zum Abschied beide Daumen und lief die Treppe hinauf zu ihrem eigenen Unterricht.

»Seid ihr jetzt *best friends*, oder was?« Lou lehnte an der Fensterbank. Sie wirkte einsam und gekränkt. Pepe und Jarush setzten sich nebeneinander in die letzte Reihe. Verstohlen sahen sie zu uns rüber.

»Lou.« Ich legte meinen Arm um ihre Schulter und führte sie zu meinem Platz. »Du bist doch meine *best friend*!«

»Ja?« Sofort begannen ihre Lippen zu beben. »Sind wir das noch?«

»Na klar, Mensch!« Mir kam plötzlich eine sehr verwegene Idee. »Sag mal«, wisperte ich. »Könntest du nicht mitkommen in den Ferien?«

»Wie?«, wisperte Lou aufgeregt zurück. »Wie meinst du das, mitkommen? Nach Kalifornien?«

»Ja sicher!« Ich brach ab, weil Herr Borke mich fixierte.

»Jannah! Schluss mit dem Gebrabbel! Der Unterricht hat begonnen. Du kannst gleich deinen Aufsatz vorlesen. Wir sind ganz Ohr.«

Dieses Mal hatte ich keinen spontanen Einfall parat, mit dem ich mich herauswinden konnte. Ich gab mir auch keine Mühe, Arbeit vorzutäuschen, die ich nicht gemacht hatte.

»Ich habe den Aufsatz vergessen«, gestand ich. »Lege ich Ihnen morgen vor.«

»Punktabzug«, sagte Herr Borke und kratzte sich den fettigen Kopf, so dass Carmen und Frida, die in der ersten Reihe saßen, angewidert zurückwichen.

»Taktisch sehr unklug, Jannah!«

Für den Rest der Stunde ließ er mich links liegen, obwohl ich mich oft meldete, um zumindest mündlich ein bisschen besser dazustehen. Doch er beachtete mich überhaupt nicht mehr. Dafür bekam ich in Kunst eine Eins auf das Fotoapparat-Pedal-Drehobjekt, das Frau Weller als das beste von allen bezeichnete. Ich hatte in die Mitte der Metallklemme noch einen großen Tropfen Klebstoff gehängt. Der Tropfen war entstanden, als ich einmal die Tube offen gelassen hatte und der Kleber unbemerkt an der Schreibtischkante heruntergelaufen und getrocknet war. Er sah aus wie ein durchsichtiger Stein mit Luftblasen drin. Weil ich das Gebilde so hübsch fand, hatte ich es aufgehoben, und nun wurde es zur Krönung des Objekts. Es drehte sich darin wie ein wertvoller Edelstein.

In der großen Pause mied ich die Cafeteria aus Angst, doch noch auf Ken zu treffen. Stattdessen setzten Lou und ich uns auf die Baumstämme an der Werkstatt und schmiedeten Ferienpläne.

»Meinst du, dein Vater würde mich mitnehmen?«, fragte Lou.

»Sicher«, sagte ich. »Ich glaube nicht, dass das ein Problem wäre. Nur muss erst mal feststehen, dass wir wirklich fliegen. Wenn seine Freundin auf Dänemark besteht, sieht's schlecht aus für uns.«

»Könnten wir nicht einen winzigen Reiseunmöglichkeitszauber machen?«, grinste Lou. »Nur so was Kleines, dass sie zu Hause bleiben muss?«

»Im ganzen Leben nicht, Lou«, sagte ich ernst. »Ich mache das nie, nie, nie wieder.«

»Scherz«, schmunzelte Lou. »So was gibt's doch bestimmt gar nicht, oder?«

»Weiß ich nicht«, sagte ich. »Aber ich will mit diesem Schwachsinn nichts mehr zu tun haben. Null!«

»Vergiss es, war wirklich nicht so gemeint!«

»Okay«, nickte ich. »Würde dich deine Mutter mitfliegen lassen, wenn es bei uns klappt?«

»Kommt drauf an, was die Sache kostet«, antwortete Lou. »Sonst bestimmt.«

Schweigend dachte ich nach. Ich wusste, dass Lous Mutter nicht viel Geld hatte, und allein der Flug war ziemlich teuer. Gerade in den Sommerferien. Trotzdem sah ich auf einmal dieses Bild von Lou und mir in der Straßenbahn von San Francisco, die die steilen Hügel hoch- und runterfährt, und wie wir beide juchzen. Sofort schob ich es beiseite, weil es gar keinen Anlass zur Hoffnung, geschweige denn zur Freude gab.

»Hey, hab ich dir überhaupt schon erzählt, dass ich gestern große Schwester geworden bin?«

»Hä?« Erst verstand Lou nicht. »Wieso große ...« Dann machte es Klick, und sie riss den Mund auf. »Oooh, ist der Kleine etwa da?«

Ich nickte schmunzelnd, und Lou bestürmte mich mit neugierigen Fragen. »Erzähl, Jannah, wie sieht er aus? Wie heißt er? Jetzt rede doch schon!«

Während ich meiner Freundin von Croc vorschwärmte, merkte ich, wie sehr ich mich freute, wieder in den Magnolienweg zu gehen, und wie froh ich war, Ken dort nicht zu begegnen. Ich würde versuchen, die Sache erst einmal sacken zu lassen und mich um Schule und Ferien kümmern. Damit hatte ich ohnehin genug zu tun. Bevor ich nach Hause konnte, waren noch zwei Stunden Französisch und Englisch zu überstehen. Tante Bonnèt trietzte uns mit seitenlangen Grammatikübungen, die alle in der Abschlussklausur drankommen würden, und in Englisch sollten wir die Inhaltsangabe eines Shakespeare-Gedichts schreiben. Natürlich auf Englisch. Ich verstand den ganzen Text überhaupt nicht, so dass meine Inhaltsangabe aus drei mickrigen Worten bestand. I don't understand.

Taktisch, strategisch und im Hinblick aufs Zeugnis eine katastrophale Leistung, hätte Borke gesagt und mir sicher eine Fünf verpasst, wenn er unser Englischlehrer gewesen wäre. War er aber nicht. Zum Glück hatten wir eine nette Referendarin, die unsere Englischlehrerin vertrat. Sie kam zu mir an den Tisch und erklärte geduldig, um was es ging und was zur Inhaltsangabe gehörte. Am Ende der Stunde war ich fertig, während sich die anderen noch abmühten.

Danach lief ich am Lehrerzimmer vorbei Richtung Ausgang. Frau Meisner kam mir entgegen. Ich wollte schon so tun, als hätte ich sie nicht bemerkt, weil ich lange nicht mehr beim Streetdance gewesen war und ein schlechtes Gewissen hatte. Doch sie sprach mich an.

»Jannah, gut, dass ich dich treffe.« Sie schien nicht verärgert zu sein. »Ich wollte dir sagen, dass ich nach den Sommerferien eine neue Choreographie einstudieren möchte. Machst du mit?«

»Und was ist mit Ihrer privaten Tanzgruppe?«, fragte ich. Frau Meisner hatte uns schon vieles angekündigt und dann doch nicht eingehalten.

»Die habe ich aufgelöst«, sagte sie. »Ich will lieber wieder mehr mit euch machen. Außerdem habe ich einen Kontakt zum Ballhof-Theater in der Altstadt, und die wären an einer Vorstellung in der

Adventszeit interessiert. Das geht nur mit euch Profis.« Sie zwinkerte mir zu. »Vor allem mit dir.«

»Ich wieder als Frontfrau?«

»Ja«, lächelte Frau Meisner. »So habe ich mir das gedacht.«

»Ich überlege es mir«, sagte ich.

»Tu das und gib mir noch vor den Ferien Bescheid, ja? Ich muss dann die Gruppe darauf abstimmen.«

Hörte sich fast so an, als meinte sie diesmal wirklich, was sie sagte. Beschwingt trat ich aus dem Schulgebäude und lief über den Hof zum Ausgang. Mit Lou hatte ich mich später zum Telefonieren verabredet, wenn sie ihre Mutter und ich meinen Vater gesprochen hatte. Vor dem Tor lief Inés nervös auf und ab. Im Mundwinkel eine Zigarette, ihr Handy am Ohr. An ihrem Gesichtsausdruck sah ich, dass sie kein angenehmes Gespräch führte. Ob Ken am anderen Ende war? Sie warf mir einen kurzen Blick zu. Einen sehr kurzen nur.

»Ja aber«, setzte sie an, schwieg und zog an ihrer Zigarette, dass die Glut aufglomm. Ich wandte mich ab. Das ging mich nichts an. Sie war nicht mehr wichtig. Ich war wichtig. Zumindest für mich selbst. Ich wollte, dass es mir wieder gutging. Dafür würde ich jetzt alles tun. Und die erste

Handlung war, ihr den Rücken zu kehren und nach Hause zu gehen. Zu meiner Mutter, Merrie und Croc. Und auch zu Sepp, falls er schon von der Arbeit zurück sein sollte.

Im Magnolienweg herrschte eine himmlische Ruhe. Genau das, was ich am dringendsten brauchte. Meine Mutter lag auf dem Sofa und stillte Croc. Ihre Brust sah aus, als wäre sie mit einer Ballonpumpe bearbeitet worden. Unnormal groß. Sie lächelte auf den Kleinen herab, der seine dunklen Augen auf sie gerichtet hielt.

»Jannah«, begrüßte mich meine Mutter leise. »Komm zu mir.«

Ich setzte mich neben sie und genoss das friedliche Bild der beiden. Croc trug keine Mütze, seine Löckchen schimmerten goldbraun. Mit dem kleinen Finger hob ich eine an, sie federte zurück. Neugierig betrachtete ich seine winzigen Ohren. Wie bei einem indischen Elefanten. Wie bei Ken. Die Ohrmuschel war fein geformt und trotz der Bräune ein wenig durchsichtig und wächsern. Meine Mutter strich über meine Hand. »Bleibst du hier?«

Ich nickte.

»Schön, Güzelim! Da freue ich mich.« Sie löste Croc von ihrer Brust, drehte ihn herum und ließ ihn an der anderen Seite weitertrinken. »Geht's euch wieder besser?«

»Weiß nicht.« Ich zuckte die Schultern. »Nein.«

Meine Mutter merkte, dass ich nicht darüber sprechen wollte, und schwieg. Ich streckte mich neben ihr aus, lehnte mich an das dicke Kissen, in dem Croc lag, und sah zu, wie seine Lider immer schwerer wurden und sich schließlich ganz schlossen. Obwohl sein kleiner Mund schon von der Brust gerutscht war, nuckelte er im Schlaf weiter, die Zunge zwischen den Lippen. Meine Mutter und ich lächelten uns an.

»Kann ich dir irgendwie helfen?«, fragte sie.

»Nein, Anne«, sagte ich. »Das kannst du nicht.« Ich dachte an Lou, die ganz allein dastand, ohne Jarush, ohne Pepe und oft auch ohne ihre Mutter. Die nur mit mir über ihren Kummer sprach. Die keinen Kontakt zu ihrem Vater hatte, weil sie und ihre Mutter das nie gewollt hatten. Plötzlich erschien mir ihr Verhalten noch mutiger, noch konsequenter und noch bewundernswerter. Lou hielt sich wirklich beinhart selbst die Treue. Ob ich so etwas auch schaffen würde? Ich konnte es mir schwer vorstellen.

»Es wird alles wieder gut, Jannah«, lächelte meine Mutter zuversichtlich. »Ganz bestimmt.«

Ich nickte, auch wenn ich nicht überzeugt war,

gab Croc einen Kuss und stand auf. Ich musste endlich den Deutschaufsatz schreiben. Wir hatten einen Roman gelesen und die Verfilmung gesehen, daraus sollten Gemeinsamkeiten und Unterschiede herausgearbeitet werden. Ich hatte gerade drei Sätze geschrieben, da kam eine Nachricht, und natürlich musste ich nachsehen, von wem. Ken! Er schrieb nur ein Wort. Jannah. Sonst nichts. Ich schüttelte angestrengt den Kopf. Nein. Ich hatte zu tun. Ich musste jetzt Hausaufgaben machen. Das war wichtig. Ja, das war es. Nein, nicht wieder draufgucken. Ich zwang mich, meinen Blick auf dem Heft zu lassen. Weil ich dann aber doch ständig rüberschielte, ließ ich das Handy mit entschiedenem Schwung in meine Tasche gleiten. Zehn Minuten arbeitete ich mehr oder weniger konzentriert, als noch eine Nachricht kam. Mit einem Griff hatte ich das Handy wieder in der Hand. Jannah. Ich konnte nicht anders. Gegen meinen Willen hoben sich meine Mundwinkel, und ich steckte es zurück. Mein Herz hüpfte über die Sätze hinweg und fand doch die richtigen Worte, obwohl es sich gerade ganz woanders aufhielt. Obwohl es dort gar nicht sein wollte, obwohl es böse und unversöhnlich bleiben wollte, obwohl es sich mit Gemeinsamkeiten und Unterschieden beschäftigen wollte und merkte, dass es genau das tat, nur bei einer völlig anderen Geschichte.

Jannah. Schluss, Schluss, Schluss! Geh weg! Lass mich! Jannah. Ich höre dir nicht zu. Ich sehe deine Nachrichten nicht. Jannah. Ich bin nicht da. Für dich nicht. Jannah. NEIN!

19
Ein Solo für die Göttin

Lou war am nächsten Tag noch niedergeschlagener als zuvor. Ihre Mutter hatte ihr gesagt, dass es ihr zwar leidtäte, aber dass sie weder den Flug, geschweige denn den ganzen Urlaub zahlen könne. Mein Vater hatte noch nicht mit Valerie gesprochen, so dass ich sie auch nicht aufmuntern konnte. Nach der Deutschstunde, in der ich meinen Aufsatz abgab und Herr Borke erstaunt die vier vollen Seiten zählte, behauptete Lou, Bauchschmerzen zu haben, und ging nach Hause. Sie war so gefrustet, dass sie nicht einmal mit zu mir kommen und Croc ansehen wollte. Ich verstand das, doch ich durfte mich davon nicht zu sehr anstecken lassen. Zumal in der Pause Ken mit seinen Freunden an der Tischtennisplatte, dem zentralsten Punkt der Schule, stand und nach jemandem Ausschau hielt. Ich hoffte, dass ich dieser Jemand war, denn Inés, die mit Rebecca und Rouven ebenfalls dabei war, konnte es ja nicht sein. Er beachtete sie kaum, dabei schenkte sie ihm schon ihr farbloses Dauerlächeln. Ich war allein im Klassenraum geblieben und guckte vorsichtig aus dem zweiten Stock in den Hof. Ken wusste, wo unser Raum lag, und sah in Abständen nach oben, doch die Sonne knallte so gegen die Scheiben, dass mich die Spiegelung unsichtbar machen würde.

In der letzten Stunde bekam ich von Tante Bonnèt eine knappe Drei fürs Zeugnis prophezeit, wenn ich so weitermachen würde, und ich dankte Neo stumm für seine Hilfe, die mich aus dem Schlamassel gerettet hatte. Jetzt nur noch Mathe und Englisch. Dann hatte ich es geschafft. Bei Herrn Borke rechnete ich nun mit einer guten Note oder zumindest mit einem Ausgleich der schlechten.

Merrie hatte zur selben Zeit Schluss wie ich, und wir gingen zusammen in den Magnolienweg. Ken sah ich nicht mehr. Seit gestern hatte er auch keine Nachricht geschickt, und obwohl ich es mir nicht eingestehen mochte, wurde ich etwas nervös. Warum hatte er mir in der Schule nichts geschrieben, wo doch die Chance am größten war, mich zu treffen? Allerdings hatte ich bisher auf keine seiner Nachrichten geantwortet, obwohl er sehen konnte, dass ich sie gelesen hatte. Er musste davon ausgehen, dass ich fertig war mit ihm. Dass ich ihn weder sehen noch sprechen wollte. Ich würde jedenfalls davon ausgehen, wenn ich er wäre. Ich würde keine Nachrichten verschicken, wenn ich wüsste, dass er sie bekommen hat, aber nicht antwortet. Doch ich war nicht er.

Meine Mutter hatte uns einen Zettel hinterlassen, sie sei mit Liam und Ally spazieren und wir sollten uns das Essen warm machen, das auf dem Herd stünde. Merrie und ich teilten uns lieber eine Tüte Chips und die restliche Schokolade, während wir Vokabeln und Formeln für den Endspurt auswendig lernten. Angespornt durch die Drei in Französisch, ließ ich mich von Merrie noch in Englisch abfragen und stellte fest, dass es weit weniger Begriffe waren, die ich nicht wusste, als gedacht. Meine Mutter kam schweratmend und verschwitzt vom Spaziergang zurück. Croc hatte sie in einem Tragetuch an sich gebunden.

»Hast du ihn etwa die ganze Zeit getragen?«, fragte ich.

»Nein«, keuchte meine Mutter. »Der Kinderwagen steht unten. Aber die Treppen reichen mir. Liam ist nicht so leicht, wie er aussieht.«

»Heißt er jetzt eigentlich Liam Kismet oder Liam Sander?« Merrie nahm meiner Mutter die Tasche aus der Hand und half ihr, Croc aus dem Tuch zu wickeln. Ich nahm ihn auf den Arm, damit meine Mutter ihre Schuhe ausziehen konnte.

»Danke euch beiden«, sagte sie. »Euer Bruder heißt Liam Noyan Sander.«

»Also doch Noyan.« Merrie verzog den Mund. »Na, wenigstens habt ihr euch auf Liam geeinigt. Noyan müssen wir ja nicht benutzen. Nur wenn er was angestellt hat: Liam Noyan«, sagte sie mit drohend ansteigender Stimme, »komm sofort hierher!«

Wir mussten beide lachen.

»Ich hätte ja lieber Sayan als Zweitnamen genommen.« Meine Mutter zwinkerte mir zu. »Aber dann wäre es hier noch komplizierter geworden.«

Mir alles wurscht, dachte ich. Croc bleibt Croc, egal, wie er auf dem Papier heißt. Meine Mutter legte sich mit dem Kleinen ins Bett, um auszuruhen. Merrie und ich baten noch um Geld fürs Kino, und meine Mutter sagte, ich solle es mir herausnehmen. Kurz bevor wir aufbrechen wollten, rief mein Vater an. Merrie hampelte ungeduldig vor mir herum und zeigte immer wieder auf ihre Armbanduhr. Wir mussten los, doch ich wollte unbedingt wissen, was er mit Valerie besprochen hatte.

»Sie ist einverstanden«, sagte er. »Wenn ich nicht so lange bleibe und mit ihr noch ein paar Tage nach Dänemark fahre.«

»Super!«, rief ich. »Aber lohnt sich das denn dann? Mit dem langen Flug und so?«

»Das müssen wir jetzt mal überlegen«, meinte

mein Vater. »Auch mit der Klinik habe ich noch nicht gesprochen. Die müssten mich drei bis vier Wochen freistellen, und das so kurz vor der Kündigung, na, mal gucken«, schloss er. »Ich hatte da noch eine andere Idee, auch wegen deiner Freundin. Aber das weiß ich noch nicht. Ich melde mich! Grüß mal Suzan.«

Ich konnte gerade noch in meine Sandalen rutschen, da wedelte mich Merrie auch schon aus der Tür. »Komm schon, Shetani! Hopp, hopp, wir verpassen sonst alles!«

Wir erwischten die Bahn gerade noch so, weil ein freundlicher alter Mann für uns auf den Trittstufen stehen blieb, bis wir hineingesprungen waren. Japsend warfen wir uns auf zwei Sitze und grinsten uns an. Irgendwie war es gut mit ihr und mir. Richtig gut.

»Bist du echt in Hamburg gewesen?«, fragte ich. »Mit Levent?«

»Ja«, sagte Merrie verlegen. »Aber da war nichts. Wir wussten beide nicht, was wir sagen sollten. Es war ganz anders als in der Türkei. So verkrampft. Ich bin nach einer Stunde gegangen.«

»Und wieso warst du dann über Nacht weg?«

»Ach, weiß ich auch nicht.« Merrie winkte ab. »Die ganze Sache lief von Anfang an schief. Ich war so doof, meine Mutter zu fragen, ob ich mich mit

Levent in Hamburg treffen darf. Sie hat nein gesagt, und wir haben uns gestritten. Sie wollte mich sogar nicht zu euch lassen, weil sie fürchtete, dass mein Vater es erlauben könnte.«

»Hätte auch sein können«, sagte ich, und Merrie nickte.

»Trotzdem wollte ich nichts riskieren. Levent hatte ja schon das Ticket für mich gekauft, und ich wollte auf jeden Fall fahren. Das habe ich Candy erzählt, und sie hat angeboten, mitzufahren und bei der Gelegenheit ihre Oma zu besuchen, die da wohnt. Wenn es mein Vater herausbekommen hätte, hätte ich gesagt, dass ich wirklich mit Candy zusammen war.«

»Dann habt ihr bei ihrer Oma übernachtet?«

»Ja«, sagte Merrie. »Aber zuvor hatten wir uns schon gestritten, weil sie unbedingt mit zum Treffen mit Levent wollte.«

»Wieso das denn?«

»Keine Ahnung«, schnaubte Merrie. »Die nervt mich sowieso. Sie wollte ihn unbedingt sehen und kennenlernen, obwohl ich natürlich mit ihm allein sein wollte.«

»Klar«, sagte ich. »Und hast du sie dann abgewimmelt?«

»Ja«, sagte Merrie. »Aber sie war stinksauer, weil sie sich gedacht hatte, dass wir alle zusammen mit

Levent, seinem Cousin und Freunden in Hamburg Party machen. Nur deshalb war sie mitgekommen und hatte das Bahnticket von ihrem Taschengeld bezahlt, und dann sollte sie nicht mit. Sie ist total abgedreht, dabei war ihre Oma so lieb, hat sie zum Essen eingeladen und ihr das Geld für die Fahrt wiedergegeben.

»Wie anstrengend!«

»Ich sage es dir, ätzend. Ich war froh, dass sie mich später überhaupt noch ins Haus gelassen hat.«

»Jetzt hat sie ja Frederick«, sagte ich. »Vielleicht versteht sie jetzt, dass man manchmal lieber mit dem Jungen allein sein will.«

»Schon möglich«, sagte Merrie. »Doch ich habe erst mal genug von ihr.«

Die Bahn hielt. Ich sah aus dem Fenster. »Nächste müssen wir raus.«

»Fliegst du wirklich mit deinem Vater nach Kalifornien?«

Merries Frage überraschte mich.

»Eventuell, steht aber noch nicht fest. Von wem hast du das?«

»Von meinem Vater«, sagte sie. »Und du hast es ja eben am Telefon auch angedeutet.«

»Komisch«, wunderte ich mich. »Wieso weiß Sepp davon?«

»Na, von deiner Mutter vermute ich mal.«

»Ich habe es ihr gar nicht erzählt.«

»Aber vielleicht dein Vater«, sagte Merrie. »Vielleicht hat er sie ja um Erlaubnis gefragt?«

»Hmm«, nickte ich. So musste es wohl gewesen sein. Nur seltsam, dass meine Mutter mich nicht darauf angesprochen hatte. Das war sicher der Stillnebel, vor dem sie mich neulich noch gewarnt hatte.

»Voll fies«, sagte Merrie. »Und ich? Ich bleibe schön alleine in Hannover.«

»Du bist doch gar nicht alleine«, widersprach ich halbherzig. »Du bist bei deiner Mutter und bei Sepp und meiner Mutter.«

»Aber von denen fährt keiner in den Urlaub!«

Sie hatte recht. Sepp und meine Mutter würden nach den Osterferien nicht so schnell wieder wegfliegen. Allein wegen Crocs Geburt und Sepps Agentur ging das nicht. Ich bekam ein schlechtes Gewissen.

»Deine Mutter auch nicht?«, fragte ich zaghaft.

»Nee«, maulte Merrie. »Die hat einen neuen Job angefangen und kriegt keinen Urlaub.«

»Mist!«

Einen Moment sah Merrie verstimmt aus dem Fenster, dann seufzte sie. »Weißt du was? Ich kann sowieso nicht weg. Wir haben mit der Musicalgruppe im Herbst eine Aufführung im Opernhaus.

Und nur wenn ich die ganzen Ferien über probe, darf ich das Solo tanzen.« Ein keckes Schmunzeln blitzte aus ihrem Gesicht. »Und eins garantiere ich dir: Ich tanze dieses Solo!«

»Daran habe ich keinen Zweifel!«, lachte ich erleichtert. »Natürlich tanzt du das Solo!«

Wir stiegen aus. Bis zum Kino waren es nur wenige Hundert Meter. Zwei Mädchen kamen uns entgegen. »Okay«, sagte die eine, »du hast aber auch seinen Schniedel gesehen!«

»Das stimmt doch gar nicht!«, sagte die andere empört. »Das stimmt echt nicht!«

Merrie und ich platzten laut heraus. Die beiden redeten einfach weiter, ohne Notiz von uns zu nehmen. Es schien ihnen nicht im Geringsten peinlich zu sein. Vielleicht fanden sie es auch normal? Wir lachten jedenfalls noch, als wir schon in der Schlange zum Kartenkauf standen.

Mit einer Tonne Popcorn und XXL-Cola bewaffnet, schoben wir uns neben einigen anderen Leuten in den Kinosaal und setzten uns auf unsere Plätze. Der Vorhang war bereits geöffnet, die Werbung ging sofort los. Merrie und ich saßen wie auf heißen Kohlen, weil wir bei jedem neuen Clip dachten, es wäre ihrer.

»Bist du sicher, dass der hier läuft?«, wisperte ich nach einer Weile.

»Ja«, antwortete Merrie. »Ganz sicher.«

Der Vorhang schloss sich, das Licht ging an, und eine Frau verkaufte aus einem Bauchladen Eis.

»Meinst du, es kommt noch?« Skeptisch sah ich Merrie an.

Sie zuckte die Schultern. »Wenn nicht, beschwere ich mich!«

Als die Frau den Saal verlassen hatte, wurde das Licht gedimmt, der Vorhang öffnete sich wieder, und Merrie und ich stießen uns aufgeregt an. Der Strand von Bodrum breitete sich über die gesamte Leinwand aus. Die Sonne glitzerte übers Meer, in dem ein einsames Schiff schaukelte. Sayans Schiff. Das Bild stach mir ins Herz, weil ich ihn förmlich am Bug stehen und lächeln sah! Die Erinnerungen purzelten durcheinander. Ich und Sayan. Der Tag auf dem Boot. Der rote Beutel. Killerotter Osman. Sonnenbrand. Die große Wurzel. Die Kette. Die Schildkröte. Der Abschied. Ich und Ken. Auf dem Motorrad. In Pamukkale. Baden in Mineralwasser. Berge unter Zuckerguss. Die Klospinne. Ich auf seinem Schoß. Plipp. Die Blüten. Das Lagerfeuer. Die Sternschnuppe. Rückflug. Die Party. Der falsche Kuss. Das Ende. Merrie drückte meine Hand, als ahnte sie, was in mir vorging. Die Kamera schwenkte zum Strand. Vor einem knallblauen Himmel schlenderte Amy durch seichte Wellen auf die Felsen zu. Barfuß, mit ihrer blonden Mähne und einem Wahnsinnskleid. Es war grün und lang und schillerte wie der Schwanz einer Meerjungfrau, und ich wusste, dass ich dieses Kleid haben wollte. Haben musste. Unbedingt! Die Kamera schwenkte erneut und nahm diesmal meinen Meeressitz ins Visier. Merrie saß da. Nein, sie thronte. Aufrecht und majestätisch wie eine afrikanische Göttin. Dunkel hob sich ihre Haut gegen den hellen Sand ab. Der Wind spielte mit ihren langen Locken, die bläulich in der Sonne schimmerten.

»Hammer«, hauchte ich beeindruckt. »Das ist irre!«

»Ja.« Merrie grinste stolz. »Finde ich auch.«

Der Clip war wirklich toll gemacht. Mit starken Farben, wunderschönen Bildern und Menschen erzählte er eine Geschichte, die eher an einen Kunstfilm als an Werbung erinnerte. Und Merrie machte ihre Sache großartig. Sie sah nicht nur phantastisch aus, sie konnte auch überzeugend schauspielern. Ihre Zickerei mit Amy war so witzig, dass alle Zuschauer danach klatschten, als wäre es ein Vorfilm gewesen. Wenn sie gewusst hätten, dass eine der Hauptdarstellerinnen unter ihnen saß, hätte Merrie bestimmt Autogramme geben müssen. Obwohl ich sie ehrlich beneidete, gönnte ich es ihr auch. Mehr denn je.

Der reguläre Film, für den wir eigentlich den Eintritt gezahlt hatten, langweilte uns nach einer Viertelstunde derart, dass wir breit grinsend, Arm in Arm und sehr zufrieden das Kino verließen. Merrie und ich.

20
Der Kotzbrocken und die Zicke

Leise betraten wir die Wohnung, weil wir nicht wussten, ob Croc oder einer von den Erwachsenen schlief. Doch sie unterhielten sich im Wohnzimmer.

»Hat er etwa schon wieder irgendwo herumgeschmiert?«, fragte meine Mutter.

Merrie und ich sahen uns an.

»Er nicht«, antwortete Sepp. »Aber sein Freund. Jetzt haben sie Ken vorgeladen, um zu prüfen, ob er wieder dabei war, und beide verweigern die Aussage.«

»Das ist garantiert Rouven!«, flüsterte ich Merrie zu.

»Ach, du Schande!«, stöhnte meine Mutter. »Und wenn Ken nicht aussagt, ist er diesmal dran.«

»Zumindest besteht die Gefahr, dass er mit hineingezogen wird«, sagte Sepp verärgert. »Ken ist so verbohrt, dass er seinen Freund schützen will, weil der sonst von der Schule verwiesen wird.«

»Verrat unter Freunden ist schon eine heikle Sache«, wandte meine Mutter ein. »Aber versteht Ken denn nicht, dass sie ihn vielleicht unschuldig belangen, wenn er nicht die Wahrheit sagt?«

»Das versuche ich ihm die ganze Zeit klarzumachen!«, schimpfte Sepp. »Er muss aussagen.«

»Aber ...« Meine Mutter sah uns im Flur stehen und brach ab. »Da seid ihr ja«, rief sie betont fröhlich. »Na, wie war's? Hat Hollywood schon angerufen?«

So gern wir den beiden in allen Einzelheiten von Merries tollem Film erzählt hätten, so wenig ging es. Ken überschattete unsere Begeisterung. Ohne da zu sein, stand er für den Rest des Abends im Mittelpunkt, und ich merkte, dass ich trotz allem Angst um ihn bekam. War seine Verweigerung auszusagen für die Polizei nicht wie ein Schuldgeständnis? Ich wollte nicht, dass er wieder Ärger bekam. Es nervte mich, dass er mit Rouvens Taggerei in Verbindung gebracht wurde und nichts zu seiner Verteidigung sagen wollte. Ich verstand das nicht. Wie so oft.

In der Nacht träumte ich von einer schwarzen Riesenspinne, die mich in rasender Geschwindigkeit verfolgte, vor der ich nur auf allen vieren flüchten konnte, um schneller zu sein als sie. Die Panik schnürte mir den Hals zu, kein Laut drang aus meiner Kehle. Meine Arme erlahmten vom ungewohnten Galoppieren, ich merkte, dass ich das Tempo nicht mehr halten konnte und sie näher kam. Dann war sie direkt hinter mir, und ich wusste, dass sie mich gleich haben würde. Würde sie mich beißen, stechen, vergiften, fressen oder aussaugen? Während ich noch überlegte, auf welche Weise ich nun sterben würde, begann sie, mit Kens Stimme zu sprechen.

»Warum läufst du die ganze Zeit vor mir weg?«, fragte er.

»Weil du eine Mörderspinne bist«, sagte ich.

»Was für ein Schwachsinn«, lachte Ken. »Dreh dich doch mal um. Sieh mich doch mal an!«

»Nein!«, sagte ich. »Du bist ein Monster, du killst mich.«

»Du hast Angst und weißt nicht mal, wovor!« Das Gelächter wurde lauter, etwas fasste mich am Arm, und ich schrie, wie ich noch nie geschrien hatte.

»Gott, was ist denn mit dir los?« Merrie stand neben meinem Bett, als ich die Augen aufriss. »Hey, Jannah? Bist du wach?«

Sie hockte sich vor mein Bett, rüttelte mich, und ich sah sie verstört an. »Ja, ich glaub schon.«

»Mann, war das gruselig, wie du gestöhnt hast.«

»Ich habe gestöhnt? Nicht geschrien? Ich dachte, ich hätte das ganze Haus zusammengebrüllt.«

»Nee«, sagte Merrie. »Es war mehr so ein Grunzen und Wimmern wie von einem großen Tier.«

»Ja, genau so eins hat mich gejagt!«, sagte ich. »Eine Spinne, die Kens Stimme hatte.«

»Na super!«, grinste Merrie. »Und das Teil war hinter dir her? Das ist ja wie im richtigen Leben!«

In den Tagen danach hörte ich weder etwas von Ken, noch sah ich ihn, noch bekam ich eine Nachricht. Gar nichts. Sepp hatte mit ihm telefoniert, doch was Ken gesagt hatte, darüber schwieg er sich aus. Inés strich in den Pausen wie ein ruheloser Geist um die Tischtennisplatte, allein. Rouven ließ sich genauso wenig blicken wie Rebecca. Und wo Ken war, wusste ich ohnehin nicht. Dafür bot mir Neo beim Mittagessen in der Cafeteria Hilfe in Englisch an, und ich verabredete mich in einer Freistunde mit ihm. Das war so angenehm! So locker und lustig, so ein krasser Kontrast zu all den anderen Dingen, mit denen ich mich in der letzten Zeit beschäftigt hatte. Die Stunde verging wie im Flug, und ich hatte nicht nur die Grammatik begriffen, sondern auch noch Spaß dabei gehabt!

Das war aber auch das einzige Highlight. Lou standen ständig Tränen in den Augen, weil Jarush ihr noch einen Abschiedsbrief geschrieben hatte. Sehr traurig, aber trotzdem voller Gefühl. Ich hätte selbst fast geheult, als sie ihn mir zu lesen gab, weil er so schön war. Hätte Ken mir so etwas geschrieben, wäre ich sicher schwach geworden.

Doch zwischen uns herrschte völlige Funkstille. Ich erfuhr nichts von ihm, bis auf das, dass Sepp mit Rouvens Vater ein Gespräch geführt hatte.

Merrie war in dieser Woche bei ihrer Mutter, und mir juckte es sehr in den Fingern, sie anzurufen und ein bisschen auszufragen. Nur mit großer Selbstbeherrschung gelang es mir, es nicht zu tun. Stattdessen nahm ich mir vor, Lou aus ihrem Tief zu holen, und entführte sie am Nachmittag zu uns nach Hause. Sie war sofort vernarrt in Croc, schleppte ihn die ganze Zeit mit sich herum, sprach mit ihm, wickelte ihn und hätte ihn vielleicht sogar gestillt, wenn sie gekonnt hätte. Meine Mutter war sehr dankbar für diese Auszeit. Spontan ging sie zum Friseur. Auch für Lou hatte sich der Besuch bei uns gelohnt. Genau genommen für uns beide, denn kaum war meine Mutter freudestrahlend aus der Tür geflogen, da klingelte Ally. Ich sah schon an ihrem Gesicht, dass sie Neuigkeiten mitbrachte. Beim Anblick meiner Oma vergaß Lou dann endgültig ihre trübe Stimmung. Die beiden waren sich auf Anhieb sympathisch, lachten und schwatzten. Wir setzten uns in die Küche und knabberten getrocknete Mangos. Croc schlief in Lous Arm.

»Also, Mädels.« Allys Blick wanderte von mir zu

Lou. »Gero hat mir erzählt, dass ihr eventuell nach San Francisco wollt.« Wir nickten gleichzeitig.

»Ich habe da eine alte Freundin«, fuhr meine Oma fort. »Sie ist ein bisschen schräg, nein, nicht so wie ich! Ganz anders. Sie ist Professorin und kriegt kein Ei in die Pfanne, kann euch aber alles über amerikanische Literatur erzählen. Harriet ist super, sie wird euch gefallen.«

Lou stand auf. »Warte«, sagte sie zu Ally. »Bitte nicht weitersprechen. Bin sofort zurück.« Sie brachte Croc in sein Bett. Sekunden später saß sie wieder neben mir und sog begierig Allys Worte ein.

»Wie gesagt, Essen machen müsstet ihr selbst und ein bisschen im Haus und Garten helfen, aber dafür könntet ihr da umsonst wohnen.«

»Ally, ist das wahr?«, rief ich. »Wir beide in den Sommerferien?« Ich stieß Lou wieder an.

»Ja«, lächelte Ally. »Ich habe gestern mit ihr gesprochen, sie würde sich freuen.«

»Und was ist mit Papa?«, fragte ich.

»Gero fliegt mit euch hin, bleibt ein, zwei Tage bei Harriet und hängt dann eine Woche bei seinem Freund in Santa Cruz dran«, sagte Ally. »Und ihr könnt die sechs Wochen in San Francisco bleiben.« Ich hopste aufgeregt vom Sofa. Am liebsten hätte ich getanzt, zog ausgelassen an Lous Händen, doch sie blieb sitzen.

»Es geht trotzdem nicht.« Ihr Gesicht verdüsterte sich. »Zumindest nicht bei mir. Der Flug.«

»Ja, den müssten eure Eltern bezahlen, und etwas Taschengeld braucht ihr auch.«

»Siehst du«, sagte Lou niedergeschlagen zu mir. »Wie soll ich das denn machen? Meine Mutter hat doch schon gesagt, dass sie das nicht zahlen kann.«

»Könnten deine Großeltern nicht einspringen?«, fragte Ally. »Oma, Opa, Onkel, Tanten? Niemand da?«

»Weiß nicht«, sagte Lou. »Mein Vater hätte es vielleicht gemacht, aber wir haben schon lange keinen Kontakt mehr. Und nur anrufen, um ihn um Geld zu bitten, das will ich nicht.«

»Nein«, sagte Ally. »Das wäre auch nicht gut. Überleg trotzdem mal. Vielleicht fällt dir noch jemand ein, oder vielleicht kannst du dir das Geld ja leihen oder selbst verdienen, Hunde ausführen, Zeitungen austragen oder so.«

»Meine Oma will schon lange ihren Keller und den Dachboden entrümpeln«, sagte Lou nachdenklich. »Da ist alles vollgemüllt. Sie hat mir auch etwas Geld angeboten, aber ich hatte nie Lust dazu.«

»Na dann?!« Ally klatschte in die Hände. »Ab in den Keller!«

»Ja, aber meine Oma ist nicht wie du«, sagte Lou.

»Das muss kein Nachteil sein!« Ally zwinkerte

mir zu und klopfte meiner Freundin aufmunternd auf die Schulter. »Trau dich! Das Glück ist mit dem Mutigen. Den Spruch kennt deine Oma sicher auch!«

Hinter Lous Stirn arbeitete es fieberhaft, und ich sah Blau. Viel Blau. Blauen Himmel, blaue Hügel, blaues Meer und Lou in einem blauen Kleid, neben mir in der alten Straßenbahn. Harriet war blau. Dunkelblau. Es war keine Frage mehr des *Ob*, sondern des *Wie*. Ich wusste, dass Lou und ich die Sommerferien zusammen verbringen würden. Ich wusste, dass es uns irgendwie gelingen würde. Lou verabschiedete sich.

»Wenn wir fliegen«, sagte sie an der Tür. »Wenn ich das wirklich hinkriege, dann mache ich etwas, das ich mir schon lange vorgenommen habe.«

»Was denn?«

»Meinem Vater eine Karte schreiben.«

Ich grinste. »Schon allein dafür müssen wir dahin.«

Am nächsten Morgen war ich richtig spät dran. Ich hatte bestens geschlafen und mochte mein kuscheliges Bett nicht verlassen. Meine Mutter wollte mich wecken, und weil sie noch nicht gekommen war, glaubte ich, noch Zeit zu haben. Die Sonne warf einen Lichtstrahl auf den Schreibtisch und den Chrysopras. Das Grün schien noch tiefer und satter als sonst, es leuchtete so kraftvoll, als hätte der Stein eine eigene Lichtquelle. Während ich ihn noch fasziniert betrachtete, kam Sepp ins Zimmer gestürmt. Erschrocken fuhr ich zusammen.

»Jannah, du musst sofort los!«, rief er. »Wir haben alle verschlafen, es ist Viertel vor acht!«

Innerhalb von zehn Minuten war ich halbwegs fertig und hetzte aus dem Haus. In den Sekunden, die ich bis zum Hollywood brauchte, hatte ich ein komisches Gefühl, doch da passierte es auch schon. Ich knallte gegen etwas Hartes – und stand Ken gegenüber! Sein Pappbecher lag in einer hellbraunen Pfütze am Boden, der übrige Milchkaffee wärmte mein Shirt und die Leggins. Ich starrte ihn an. Und dann platzte es aus mir heraus.

»Kannst du nicht aufpassen? Blind, oder was?«

Er lächelte. Ich nicht.

»Schade«, sagte er.

»Was, schade?«, sagte ich, wischte über mein Shirt und vergaß die Schule.

»Dass du nicht gelächelt hast.«

»Wieso?«

»Weil es dann perfekt gewesen wäre«, sagte er. »Wie im Film. Sie stoßen zusammen, der Kaffee kippt aus. Die Kamera fährt ganz nah ran.« Mit den Händen formte er ein Rechteck und hielt es nah vor mein Gesicht. »Sie sehen sich in die Augen. Erst seine, dann ihre in der Totalen. Eindeutige Mimik, ihre Blicke sagen alles. Er liebt sie, sie liebt ihn.« Er nickte, trotz meines wütenden Gesichts. »Doch, doch! Sie weiß genau, dass sie ihn noch liebt, auch wenn er manchmal ein paar seltsame Methoden hat, es ihr zu zeigen.«

»Ein paar seltsame was?« Ich schüttelte den Kopf. »Methoden?«

»Du kannst es auch Liebesbeweise nennen.«

»Ach, Mensch«, rief ich und patschte mir gegen die Stirn. »Danke, dass du das für mich übersetzt. Beinahe hätte ich es falsch verstanden!«

»Na, dafür bin ich ja da. Damit du es kapierst.«

»Du …« Ich schlug auf Ken ein, so hart ich konnte, mit den Knöcheln, so wie er es mir gezeigt hatte, obwohl ich genau wusste, dass ich nicht so sauer war, wie ich tat. »Du arroganter, eingebildeter, mieser Arsch!«

Ken fing meine Hände auf und hielt sie fest. »Du kleine hübsche Zicke!«

»Blöder, bescheuerter, dämlicher Kotzbrocken!«

Ken lächelte zärtlich. »Verwöhntes süßes Einzelkind!«

»Ich hasse dich!«, fauchte ich.

»Ich wusste es!«, strahlte er und riss mich vollends an sich. »Ich mich auch!«

21
Ein Koffer voll Eifersucht

Danach saß ich mit rosaroten Flecken im Unterricht. Ich. Mit fetten rosaroten Flecken. Sie zogen sich von meinem Hals bis über das Kinn und leuchteten wie polierte Äpfel von meinen Wangen. Alle guckten mich an und grinsten. Besonders die Jungs. Herr Saak-Schulze dachte bestimmt, das sei aus Scham, weil ich wieder so elend spät gekommen war. Er hielt mir eine Strafpredigt, die mich noch röter werden ließ, und schloss mit der Androhung auf eine Fünf im Zeugnis, wenn ich nicht auf der Stelle mehr Einsatz zeigen würde. Zu allem Überfluss gab er mir auch noch einen Brief für meine Eltern mit. Handschriftlich auf einen Zettel gekritzelt, den ich morgen unterschrieben wieder mitbringen musste – wie eine Viertklässlerin! Es war erniedrigend.

Daran war natürlich Ken schuld, weil er den Zusammenstoß mit mir provoziert und mich aufgehalten hatte.

»Hä? Schuld? Was redest du denn, Jannah?«, sagte Lou, als wir über den Schulhof zur Cafeteria gingen. »Freu dich lieber, dass er dich abgepasst hat. Von dir wäre doch in hundert Jahren nichts gekommen, und ihr hättet ewig so weitergemacht.« Wir wichen zwei kleinen Schülern aus, die sich vor uns rangelten.

»Er ist schuld«, beharrte ich. »An allem, und ich schwöre, das mit Mathe zahl ich ihm heim, der wird mir helfen!«

»Mann, jetzt hör auf!«, befahl Lou ungeduldig. »Um Mathe geht's doch gar nicht!«

»Jaja, weiß ich selber«, knurrte ich. »Ich weiß aber nicht, wie ich damit umgehen soll. Da ist er, Shit!«

Lou folgte meinem Blick. Ken hatte sich vor dem Eingang postiert und grinste von einem Ohr bis zum anderen. Lou grinste zurück. Ich wusste nicht, wohin und wie ich gucken sollte, ob ich ernst oder freundlich sein sollte. Was fühlte ich denn? Keine Ahnung. Alles und nichts, Nähe und Distanz, Liebe und Ablehnung, Trennung und Neuanfang. All das wirbelte in verschwommenen Bildern um mich herum. Wo stand ich? Ich konnte mich nicht sehen. War blind in diesem Nebel. Mit gesenktem Kopf ging ich an ihm vorbei, und mein Herz trommelte so wild, dass ich dachte, er müsse es hören oder zumindest die Ausschläge unter meinem bekleckerten Shirt bemerken. Ken sah uns hinterher, sagte aber nichts und kam uns auch nicht nach. Zum Glück.

»Puh«, machte ich, warf meine Tasche auf einen der Stühle und stellte mich mit Lou in die Schlange. Meine Hände konnten vor Zittern das Tablett kaum halten. »Boah, Lou«, stöhnte ich. »Hilf mir! Ich breche gleich zusammen, ich kann nicht mehr!«

»Ich seh's«, lachte sie und tätschelte meinen Arm. »Das wird schon wieder! Entspann dich, alles tutti!«

Bei Tomatensalat und Schokopudding erzählte ich ihr dann endlich, wie es am Morgen gewesen war und was Ken zu der Sache mit dem Kuss gesagt hatte. Als ich seine Worte von dem *Luftkuss* wiederholte und dass er sie nur leicht berührt habe, nickte Lou. »Siehst du! Ich habe es doch gewusst. Der wollte dich nur ärgern, weil er so eifersüchtig war.«

»Ja«, sagte ich. »Das hat er auch gesagt und dass er sie gar nicht küssen wollte und dass sie ihm seitdem tierisch auf die ... Dinger ... geht.«

Lou lachte. »Genau das habe ich die ganze Zeit gedacht.«

»Trotzdem war es Mist«, sagte ich. »Muss ich jetzt bei jeder Party aufpassen, mit wem ich tanze? Ob ich überhaupt mit jemand anderem tanze? Und muss ich gucken, wie viel er trinkt, damit er nicht wieder einen Ausraster kriegt?«

»Da bin ich überfragt«, lächelte Lou, »das werdet ihr wohl allein miteinander ausmachen müssen.«

»Nervt mich jetzt schon«, schnaufte ich. »Der Typ ist so was von anstrengend!«

»Aber das ist er ja nicht erst seit heute, oder?« Lou nahm mit den Fingern ein Basilikumblatt aus ihrer Schale und steckte es sich in den Mund. »Du wolltest ihn, du hast ihn.«

»Hmpf«, machte ich unwirsch, war aber irgendwie ganz zufrieden dabei.

»Und überhaupt«, sagte sie zwischen zwei Tomatenstücken. »Ich weiß genau, wie sich das anfühlt, wenn man jemanden küsst, den man nicht liebt. Wie das ist, wenn man sich nach jemand anderem sehnt. Das ist echt ätzend.«

»Geschieht ihm recht«, sagte ich. »Das hat er verdient.«

»Du kannst aber auch nachtragend sein.« Lou schob den Salat von sich und ließ ihren Löffel in den Pudding gleiten.

»Na, hör mal«, meckerte ich. »Es ist ja wohl das mindeste, dass er sich dabei schlecht fühlt, oder etwa nicht?«

»Ich erinnere dich ja nur ungern daran«, sagte Lou. »Aber du warst vorher genauso eifersüchtig.«

»Na und? Ich habe jedenfalls keine Bestrafungsaktion daraus gemacht.«

»Auch nicht in der Türkei?«, fragte Lou listig. »Mit Sayo ... Soya ... wie hieß der noch mal?«

»Nein, auch nicht mit Sayan. Stell dir vor, den mochte ich wirklich! Das hatte mit Ken nicht das Geringste zu tun.«

»Okay, okay. Geschenkt.« Lou hob beschwichtigend die Hände. »Trotzdem, in Sachen Eifersucht nehmt ihr euch beide nichts. Ken und du. Das könnt ihr beide richtig gut.«

Ich sah meine Freundin an. Sie hatte mich wieder ertappt.

»Ally meint, Eifersucht ist nur ein anderes Wort für Angst.«

»Könnte sein«, gähnte Lou und schob auch den Pudding weg. »Mann, bin ich satt! Bleibst du jetzt eigentlich hier, wenn ihr wieder zusammen seid?«

»Nein!«, fuhr ich sie an. »Erstens sind wir nicht wieder zusammen, noch lange nicht, und zweitens ... nee! Ich lass mir doch Kalifornien nicht entgehen!« Ich tippte mit meinem Löffel an die Glasschale. »Hast du schon mit deiner Oma gesprochen?«

»Ja«, nickte Lou. »Sieht nicht sooo schlecht aus. Aufräumen darf ich, aber ihr ist der Flug zu teuer. Meine Mutter wollte noch was anderes versuchen, hat mir aber nicht gesagt, was. Ach, egal«, schloss Lou und nahm ihre Tasche. »Wenn es klappt, feiere ich, wenn nicht, schmuggel ich mich in Pepes Koffer! Los komm, wir müssen zu Bio.«

»Jippie«, seufzte ich und folgte ihr. Ken war weg. Er stand auch nicht an der Tischtennisplatte, wo sich einige seiner Mitschüler versammelt hatten. In ihrer Mitte entdeckte ich Fiona. Sie war zwar wie immer stark geschminkt und trug einen sehr kurzen Rock, wirkte aber insgesamt verändert, gesünder und entspannter. Sollte Drechslers Fotoausstellung am Ende doch zu etwas nütze gewesen sein?

Der Biologieunterricht fand heute im Chemielabor statt, weil unser Lehrer den Unterschied zwischen Traubensaft und alkoholfreiem Rotwein untersuchen wollte. Wir wiesen nach, dass sich auch in alkoholfreiem Wein eine geringe Menge Alkohol befindet und dass er etwas ganz anderes ist als Traubensaft, obwohl beide Produkte auf den gleichen Ausgangsstoff zurückgreifen.

Als es klingelte, halfen May, Lou und ich unserem Lehrer beim Abbauen und Aufräumen.

»Kommst du bald mal wieder zum Streetdance?«, fragte mich May. »Frau Meisner will uns jetzt professionell aufbauen.«

»Ja, ich weiß«, antwortete ich. »Ich denke schon.«

»Wäre doch nett, wenn wir mal wieder etwas Größeres einstudieren.«

Wir traten auf den Flur. Neo und Yunus kamen uns entgegen. Yunus grinste Lou und mich an. Neo umarmte May.

»Hey, ihr drei.« Er küsste seine Freundin auf die Schläfe. »Habt ihr Schluss?«

»Ja«, nickte May. »Du nicht?«

»Nee, ich hab noch Informatik«, sagte er und wandte sich an mich. »Wie war's in Englisch?«

»Gut«, lächelte ich. »Hat genau gepasst. Danke noch mal!«

»Keine Ursache!« Neos Bernsteinaugen funkelten fröhlich. Er legte seinen Arm um May. »Wollen wir?« Sie passten gut zusammen. Die dunkelrote May und der kupfergoldene Neo. Irgendwie freute ich mich doch für die beiden. Yunus fragte Lou, ob sie noch Lust auf eine Limo hätte, und sie sagte ja. Unschlüssig, was ich nun allein anfangen sollte, stand ich vor der Schule, die Sonne prickelte in meinem Gesicht, und ich beschloss einen Umweg über den Maschsee zu machen, weil dort das Drachenbootfestival vom Kanuclub stattfand. Ich mochte jetzt nicht nach Hause gehen.

Fünf Teams waren auf dem Wasser. In roten, gelben, grünen, blauen und schwarzen Booten und gleichfarbigen Trikots. Jedes Boot hatte zwanzig

Paddler, einen Trommler, der den Paddelrhythmus vorgab, und einen Steuermann im Heck, der den Kurs hielt. Mit hohem Tempo schnitten die Boote durchs Wasser.

»Na, guckst du wieder nach anderen Kerlen?«

Ich drehte mich um und sah ihm forschend ins Gesicht. Meinem Ken. Diesem verdammt hübschen Kenan, in den ich so verliebt war. Meinte er das ernst? Seine Mundwinkel zuckten spöttisch, und ein Hauch boshafte Zärtlichkeit lag in seinem Blick.

»Hast du wirklich Angst, dass ich dich nicht will?«

»Nein«, sagte er. »Nicht wirklich.« Meine Augen ruhten weiterhin in seinen. Ich schwieg. Er wandte sich ab. »Na ja«, gab er zu. »Vielleicht ein bisschen.«

»Dann war deine Aktion nur Notwehr, damit ich dir nicht zuvorkomme?«

Ken kniff seine schwarzen Brauen zusammen, weil ihn die Sonne blendete, und blinzelte zu den Ruderbooten hinüber.

»Mann, ja«, sagte er leise. »Na klar. Hast du das denn nicht gemerkt?«

»Nein.« Ich schüttelte den Kopf. »Erst nicht. Erst dachte ich echt, du willst sie, weil du sie immer gewollt hast.«

Nun schüttelte er den Kopf.

»Ich will nicht sie. Ich will dich, Kismet.« Sanft küsste er meine Nasenspitze, stellte sich hinter mich und umfasste mich mit beiden Armen. Eine Weile beobachteten wir das Treiben auf dem Wasser, lauschten den vielen Menschen am Ufer, die die Teams anfeuerten, und spürten, wie das Glück zurückströmte. Wie die Flut nach der Ebbe. Wie es sich still und selbstverständlich zwischen uns ausbreitete. Wärmer, stärker und größer als je zuvor.

»Du«, sagte er und löste sich von mir. »Ich muss leider noch zum Training, wir haben am Wochenende ein wichtiges Spiel.«

»In Ordnung«, lächelte ich. »Geh.«

»Wir sehen uns morgen früh, ja?« Ken küsste mir die Knie weich. »Ich komme zu unserer Ecke.«

Ich nickte. »Und was ist mit Rouven und den Tags?«, fragte ich, um wieder auf festen Grund zu kommen.

»Ach so, ja!«, grinste er. »Habe ich noch gar nicht erzählt. Rouven hat bei der Polizei ein Geständnis abgelegt, und sein Vater entsorgt ihn jetzt auf ein Eliteinternat in der Schweiz, damit er noch einen Abschluss schafft.«

»Das nennt man dann wohl Problembeseitigung«, lachte ich. »Gefällt mir.«

»Hab ich mir gedacht«, lächelte Ken und gab

mir noch einen Kuss. Ich sah ihm nach, wie er mit seiner afrikanischen Lässigkeit zurück zur Schule schlenderte, um sein Rad zu holen und zum Training zu fahren. Mit der Tasche über der Schulter und seinen Fußballerbeinen. Der coole Ken. Der nicht immer so cool war, wie er eigentlich sein wollte. Der sich oft anders verhielt, als ich erwartete. Der Dinge tat, die ich nicht verstand, die ich nicht mochte. Der nicht perfekt war, sondern nur er selbst. Meine erste Liebe. Meine große Liebe. Das hieß nicht, dass ich mir in Zukunft alles gefallen lassen würde, dass ich ihn anhimmeln und ihm ständig Honig ums Maul schmieren würde. Ganz bestimmt nicht. Er würde von mir genügend Gegenwind bekommen.

Das hieß nur, dass ich ihn so nehmen würde, wie er war, und er mich, wie ich war. Mal lieb, mal zickig, mal stark, mal schwach, mal klug, mal doof, mal reif, mal albern. Das war Liebe. Nicht nur Schokoküsse, rosablinkende Herzchen und ein Himmel voller Geigen. Liebe war manchmal nur ein schlichtes Trotzdem.

22
Liebeszauber unterm Regenbogen

Auch Sepp und meine Mutter waren erleichtert, als sie von Rouvens Aussage und seinem Schulwechsel hörten. Er hatte die Verantwortung für seine Tat übernommen und Ken damit entlastet. Endlich etwas, das ich an Rouven gut finden konnte. Ken sagte zwar, dass Rouven im Kern ein toller Kumpel sei, ich hatte davon bisher jedoch nichts gemerkt. Musste ich auch nicht. War ja nicht mein Kumpel. Außerdem war er eh bald weg. In genau drei Wochen, wenn die Sommerferien begannen. Ich hatte Ken von meinem Desaster in Mathe berichtet, und er half mir beim Lernen, ohne dass ich ihn lange bitten musste. Die Abschlussklausur schaffte ich trotzdem nur mit Ach und Krach, weil ich mich weder konzentrieren noch von Pepe abschreiben konnte, der nach Brasilien zurückgekehrt war. Um von Saak-Schulze noch eine Vier minus im Zeugnis zu bekommen, musste ich auf die Schnelle ein Referat über die wichtigsten Mathematiker aller Zeiten halten, für das ich vier Nachmittage bei herrlichstem Badewetter am Schreibtisch hockte. Jeder, wirklich jeder war schwimmen, außer mir. Und Lou. Und genau da lag nämlich meine Konzentrationsschwäche. Ihre Oma hatte sie zum Entrümpeln abkommandiert und ihr zugesagt, die eine Hälfte des Fluges zu übernehmen. Die andere Hälfte aufzutreiben war ungleich komplizierter gewesen, denn Lous Mutter konnte maximal fürs Taschengeld sorgen. Mein Vater hatte irgendwann völlig entnervt für sich und mich die Flüge gebucht, weil ich ihm einfach nicht sagen konnte, ob Lou nun mitkam oder nicht. Doch ich wäre nicht Jannah Kismet gewesen, wenn ich die Hoffnung aufgegeben hätte. Lou bekam kaum Luft, als sie mich anrief und fragte, ob noch ein Platz im Flieger frei sei. Erst vermutete ich Lous Vater dahinter, doch der wusste von unseren Plänen ja gar nichts. Lous Mutter hatte aber seine Mutter, Lous andere Oma angerufen, zu der sie ein recht gutes Verhältnis hatte, und nun teilten sich beide Omas den Flug. Natürlich nur unter der Bedingung, dass beide auch Post aus San Francisco erhalten würden.

»Jannah, wir fliegen!«, rief Lou aufgeregt. »Irgendwie habe ich es gewusst! Wir fliegen! Wir fliegen!«

»Ja«, sagte ich. »Und wie soll ich das jetzt Ken beibringen?«

»Sag bloß, er weiß es noch nicht«, flüsterte Lou erschrocken.

»Doch, schon«, wand ich mich, »ich hatte ihm aber gesagt, dass ich nicht fliege, wenn du nicht mitkommst, und weil es bisher nicht danach aussah, hat er es vergessen, glaube ich.«

»Wie jetzt?«, fragte sie verwundert. »Du hättest deinen Vater alleine losgeschickt, wenn ich nicht gekonnt hätte?«

»Yep!«

»Wieso das denn?«, stöhnte meine beste Freundin. »Na, egal, dann sieh mal zu, wie du ihm das schmackhaft machst. Wir fliegen sechs Wochen, Baby! Sechs!«

Einen Urlaubsbegleiter ganz anderer Art bekam ich von Merrie.

»Hier«, grinste sie und hielt mir eine Papiertüte hin. »Als Wiedergutmachung, Schmerzensgeld und so.«

»Was ist das?« Neugierig spähte ich in die Tüte und quiekte. Das grüne Kleid!

»Wo, wo hast du das her?«, stotterte ich und zog es hervor. Jetzt fühlte ich mich wirklich wie Aschenputtel mit ihrem Hochzeitskleid, nur dass ich darin nicht heiraten, sondern am Strand entlangstolzieren würde, wie Amy. Ohne Königssohn. Der saß nebenan, keine dreißig Zentimeter von uns an der anderen Seite der Wand und kam nicht mit.

»Tamara hat es mir geschenkt«, lächelte Merrie. »Ich hab ihr gesagt, dass es für mich ist. Wir haben ja die gleiche Größe.«

»Merrie, du bist einfach ...« Ich fiel ihr um den Hals und schmatzte einen Kuss auf ihre Wange. »Danke! Danke!«

»Schon gut, Shetani«, sagte sie rau. »Küss lieber meinen bescheuerten Bruder, auch wenn er es nicht verdient hat!«

»Du bist so verrückt!«, rief ich, streifte meine Sachen bis auf die Unterwäsche ab, ohne mich vor Merrie zu schämen, und schlüpfte in die schillernde Haut der Meerjungfrau. Verzückt drehte ich mich vor dem Spiegel. »So was Schönes hatte ich noch nie!«

»Ja, fast hätte ich es selbst behalten.«

»Wir teilen es uns, okay? Ich nehme es mit, und wenn ich wiederkomme, trägst du es, ja?«

»Hätte ich mir auch nicht träumen lassen, dass ich mir mit dir jemals irgendwas teile! Und ein Kleid schon gar nicht!«, lachte Merrie. »Hey, habe ich dir erzählt, worum Ken mich gebeten hat?«

»Nein.«

Sie sah mich an, und plötzlich wusste ich es. »Keinen Liebeszauber, oder?«

»Was heißt, gebeten«, grinste Merrie. »Er hat mich angebettelt! Aber ich habe es nicht gemacht!«

»Echt jetzt?«

»Echt!«

»Und was hat er dazu gesagt?«

»Er ist schon böse geworden, mein großes idiotisches Brüderchen«, kicherte Merrie. »Aber das war mir egal. Ich habe ihm gesagt, dass er es verbockt hat und dass er es auch selbst wieder in Ordnung bringen soll.«

»Wow«, sagte ich. »Ich hätte nicht gedacht, dass er auf so was kommt und du so hart bleiben kannst.«

»Bin ich durch mit.« Merrie machte eine wegwerfende Geste. »Nie wieder.«

»Hat ja auch so geklappt.«

»Das habe ich dann auch gedacht. Braucht kein Mensch.«

Es klopfte, und im gleichen Augenblick guckte Ken durch die Tür. »Was ist denn hier los? Fashion-Week?«

»Wenn man vom Teufel spricht«, seufzte Merrie. »Ich geh mir dann mal die Nägel machen.«

Ken verdrehte die Augen und kam herein.

»Nur zur Info«, sagte er zu Merrie. »Ich habe mir neue Shirts gekauft, massiv die Finger weg, klar so weit?«

Seine Schwester lächelte zuckersüß. »Merkst du doch gar nicht!«

»Und ob ich das merke!« Ken schob warnend seine Faust unter ihr Kinn. »Du labberst mir kein Shirt mehr aus!«

»Jedem, was er verdient!« Sie trat ihm vors Schienbein und floh vor seiner Rache aus dem Zimmer. Doch Ken grunzte nur und zupfte an meinem schmalen Träger. »Schickes Teil.«

»Massiv die Finger weg, klar?«, schmunzelte ich. »Ist ganz neu!«

»Hallo? Ich bin dein Freund, ich darf das?!« Ken warf sich auf mein Bett und betrachtete mich von oben bis unten.

»Irgendwas ist anders an dir«, sagte er. »Irgendwie bist du anders.«

»Pubertät eben«, sagte ich und drehte mich noch einmal vor dem Spiegel. »Ist das Teil nicht der Wahnsinn?«

»Joah«, sagte er. »Aber was du drunter hast, find ich noch wahnsinniger!«

»Ey«, lachte ich. »Das ist Verführung Minderjähriger!«

»Aber nicht, wenn der Verführer auch minderjährig ist«, raunte er und fasste einen Zipfel des Kleids, um mich zu sich heranzuziehen.

»Steht wo?«

»Paragraph 736 BGB.«

»Du bist eine Labertasche!«, sagte ich und entwand ihm den Zipfel. »Lass los, du machst es noch kaputt! Den gibt's bestimmt gar nicht!«

»Jawohl! Hatten wir grade erst in Rechtskunde. Irgendwas mit Zwangsvollstreckung.« Frech funkelte er mich an. »Passt ja auch. Ich könnte doch einfach zwangsvollstrecken, dass du hierbleibst.«

»Du könntest mir auch einfach viel Spaß in Kalifornien wünschen!«, gab ich zurück. »Würde auch passen!«

»Damit du mit den ganzen Beachboys lustig rum ... surfen gehst? Vergiss es!«

Natürlich war Ken nicht begeistert gewesen, aber er wusste auch, dass mich weder seine Eifersucht noch sonst irgendetwas an diesem Urlaub hindern würden.

»Du wirst mir schon vertrauen müssen, Ken.«

»Mach ich ja«, brummte er. »Meistens.«

»Hier«, sagte ich und gab ihm den Chrysopras und die Beschreibung. »Dein verspätetes Geburtstagsgeschenk, damit kannst du schon mal üben.«

»Du bist gar nicht mehr romantisch!«, beschwerte er sich.

»An deinem Geburtstag wäre ich überaus romantisch gewesen!«

»Ähm, ja, lassen wir das.« Er betrachtete den Stein. »Was ist das?«

»Lies«, sagte ich, und Ken las laut vor.

»Stein gegen Eifersucht, Reizbarkeit und Pickel? Ich hab doch keine Pickel! Und ey, was steht da? Bei Potenzproblemen?« Mit überheblich hochgezogenen Augenbrauen grinste er mich an. »Nicht dein Ernst, oder?«

»Na ja«, lachte ich. »Es geht eher um den ersten Aspekt.«

»Hat eine beruhigende Wirkung, okay, und ach, jetzt wird's interessant!« Ken tippte mir auf die Schulter. »Hör gut zu: Unter Liebenden sorgt er für beständige Treue! Du hast dir wohl hoffentlich auch gleich einen gekauft?«

»Ich hab mit Treue kein Problem, Ken!«

»Ich mein ja nur, so zur Sicherheit!«

Warum sie, ohne anzuklopfen, einfach reingeplatzt war, konnte meine Mutter später auch nicht mehr sagen. Nach ihrem ersten überraschten »Oh!« guckte sie jedenfalls, als hätte sie auf eine Nacktschnecke gebissen. Dabei war gar nichts. Ken und ich lagen auf meinem Bett und küssten uns ein bisschen. Völlig angezogen. Total harmlos. Doch an ihrer Reaktion merkte ich, dass unsere Beziehung für sie immer noch gewöhnungsbedürftig war. Es würde dauern, bis es normal sein würde.

»Ääh ... 'tschuldigung«, lachte sie verlegen und drehte den Kopf weg. »Essen ist fertig.«

»Ich will ja nichts sagen«, nuschelte Ken. »aber hast du schon mal was von Privatsphäre gehört, Stiefmütterchen?«

Und dann war er plötzlich da, der große Moment, auf den ich mich so lange gefreut, auf den Lou und ich hingefiebert hatten und der mir nun doch ein bisschen Angst machte. Wie würde das sein, sechs lange Wochen ohne Ken? Ohne Merrie? Ohne meine Mutter und Sepp, ohne Croc? Ich hörte Manus Auto vor dem Haus hupen. Er würde meinen Vater, Lou und mich zum Flughafen fahren. Jetzt schon? Es war doch noch so viel Zeit. Hätte er nicht zuerst Lou und meinen Vater abholen können?

Alle standen im Flur um mich herum. Sepp, meine Mutter mit Croc, Merrie und Ken. Natürlich Ken. Ich musste mich bei ihrem Anblick sehr zusammenreißen. Mein Freund. Meine Familie. Mein Freund gehörte zu meiner Familie. Und sie würde nicht auseinanderbrechen, das wusste ich nun. Sie würde bestehen bleiben. Crocs Fäustchen ruderten energisch durch die Luft, als wollte er mich anfeuern. Kleiner süßer Croc. In diese seltsame Welt geschlüpft, die manchmal kalt und grell und chaotisch war. Und manchmal einfach nur wunderwunderschön. Die einem manchmal Aufgaben stellte, von denen man glaubte, sie nicht bewältigen zu können, und sie dann aber doch schaffte. Immer. Irgendwie. Er würde heranwachsen und mit jedem Zentimeter auch uns noch enger zusammenschweißen. Wir waren die Familie, die eigentlich keine gewesen war, in der keiner so recht zum anderen gepasst hatte und in der nun doch jeder mit jedem auf eine ganz besondere Weise verbunden war. Darauf war ich sehr stolz. Auf unsere bunte afrikanisch-türkisch-deutsche Sippe.

Nachdem ich alle umarmt und mir eine verirrte Träne von der Wange gewischt hatte, nahm ich meinen Koffer und trat aus der Tür. Ich drehte mich nicht um, weil der Gefühlskloß jeden Moment platzen konnte. Bevor sich die Tür schloss, kam Ken mir nach, obwohl wir einen schnellen Abschied in der Wohnung verabredet hatten. Wortlos gingen wir nebeneinander die Treppen hinunter, er trug den Koffer bis zum Auto und begrüßte Manu, der mein Gepäck verstaute und dann wieder auf dem Fahrersitz Platz nahm.

Ken blieb vor mir stehen. Mit seinen störrischen schwarzen Dreads, seinen samtigen Augen und seinen langen Bronzefingern, die er in meine hakte. Die Wellen seines olivgrünen Ozeans fluteten mein Herz. Strömten in jeden Winkel. In jede Vertiefung. Drangen bis auf den Grund meiner Seele. Warm und weich und mit einem Duft, der das

Glück in mir tosen ließ wie Brandung an einer Steilküste. Fast hätte ich meine Flügel ausgebreitet und wäre geflogen.

»Ich liebe dich, Kismet«, flüsterte er. »Du bist echt mein Schicksal!«

Aus seinen Worten floss Himmelblau mit einem feinen Stich ins Violett, aber nur ein klitzekleines bisschen. Es sah aus wie die Blüten von Vergissmeinnicht. Er zog mich an sich, unsere Herzen schlugen im gleichen Takt, das merkte ich ganz genau. Als seine Lippen meine berührten, kamen die Farben. Sie kamen alle. Erst noch mehr Blau, dann Lila, dann Rot, Pink und Rosa, Orange, Gelb, Grün. Erst zart, dann immer kräftiger und leuchtender, bis sich ein herrlicher, strahlender Regenbogen von ihm zu mir spannte. Ich wusste, wo immer ich auch war, ich brauchte nur diesen Regenbogen zu sehen, um bei Ken zu sein und ihn bei mir zu haben. Wir konnten uns nicht verlieren. Er und ich. Mein Leben war bunt und leicht und frei. Ich hatte nichts zu verlieren. Gar nichts.

»Ja«, sagte ich leise und lächelte. »Ich weiß.«

Glossar

Afiyet olsun   guten Appetit
Aman Allahım   du meine Güte, o mein Gott
Anne   Mutter, Mama
Annem   mein Mütterchen, sagen türkische Mütter gern zu ihren Kindern
Baklava   süße Blätterteigpastete, gefüllt mit gemahlenen Wal- oder Haselnüssen, Mandeln oder Pistazien
Güzelim   meine Schöne
Hay Allah   du lieber Gott, meine Güte!
Hayatım   mein Leben
Kabak   Zucchini
Kahve   türkischer Mokka
Kızım   mein Mädchen
Maracas   Rumbarasseln
Melkam Megeb   guten Appetit auf Amharisch (Staatssprache Äthiopiens)
Shetani   afrikanisch: Teufel, böser Geist

Inhalt

1. *Surfen in der Besenkammer* 5
2. *Zu dir oder zu mir?* 18
3. *Der Berliner Rappel* 30
4. *Geflügeltes Geständnis* 44
5. *Unterwäsche für Heinz-Dieter* 56
6. *Glaswürmer im Schlammbad* 71
7. *Ein unwiderstehlicher Dachschaden* 83
8. *Die Treue ist ein hartes Zeug* 96
9. *Kismet läuft nicht weg* 109
10. *Der Kartoffelkiller* 126
11. *Systemische Spezialisten* 141
12. *Eine türkische Kirsche zum Geburtstag* 156
13. *Massive Biegung ins Klo* 166
14. *Shetani und das Liebespaar* 182
15. *Gift für drei Millimeter Hoffnung* 190
16. *Olivgrüne Schwachstelle* 202
17. *Der Dänemark-Deal* 216
18. *Zappeln an der Wurfscheibe* 228
19. *Ein Solo für die Göttin* 244
20. *Der Kotzbrocken und die Zicke* 256
21. *Ein Koffer voll Eifersucht* 266
22. *Liebeszauber unterm Regenbogen* 276
    Glossar 287